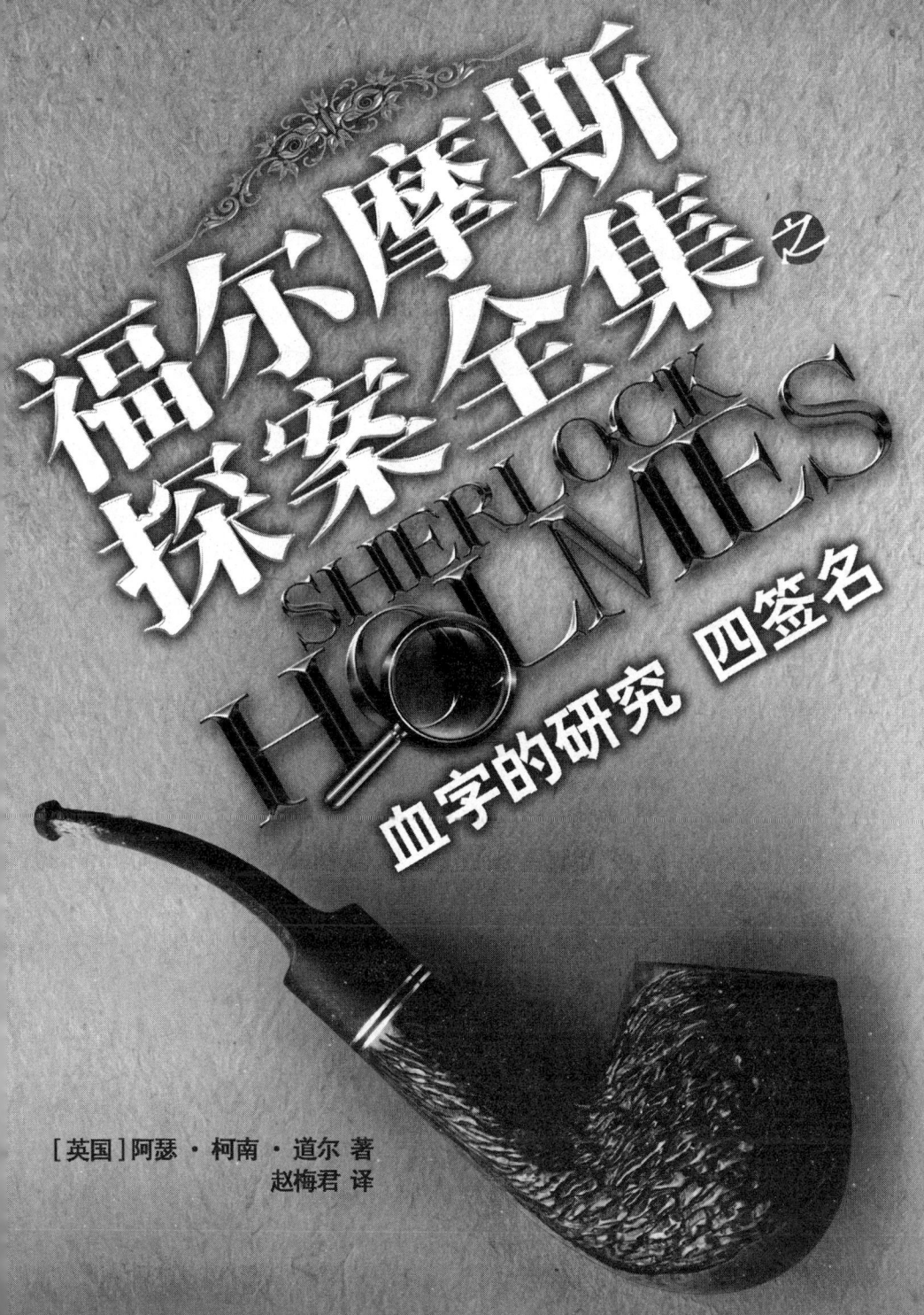

福尔摩斯探案全集之
SHERLOCK HOLMES

血字的研究 四签名

[英国]阿瑟·柯南·道尔 著
赵梅君 译

华夏出版社
HUAXIA PUBLISHING HOUSE

图书在版编目（CIP）数据

血字的研究·四签名/（英）柯南道尔（Conan Doyle, A.）著；赵梅君译.—2版.—北京：华夏出版社，2012.9

（福尔摩斯探案全集）

ISBN 978-7-5080-7083-4

Ⅰ.①血… Ⅱ.①柯… ②赵… Ⅲ.①侦探小说-小说集-英国-现代 Ⅳ.①I561.45

中国版本图书馆 CIP 数据核字（2012）第 148300 号

福尔摩斯探案全集之血字的研究·四签名

选题策划	刘景立　北京宏昊文化发展有限公司
责任编辑	赵　楠　刘晓冰　李春燕
出版发行	华夏出版社
经　　销	新华书店
印　　刷	北京睿特印刷厂大兴一分厂
装　　订	北京睿特印刷厂大兴一分厂
版　　次	2012年9月北京第2版　2012年9月北京第1次印刷
开　　本	670×970　1/16开
印　　张	13
字　　数	168千字
定　　价	20.00元

华夏出版社　网址：www.hxph.com.cn　地址：北京市东直门外香河园北里4号　邮编：100028
若发现本版图书如有印装质量问题，请与我社营销中心联系调换。电话：（010）64663331（转）

目 录

血字的研究

歇洛克·福尔摩斯先生 …………………………………… (3)
演绎法 ……………………………………………………… (12)
花园街的惨案 ……………………………………………… (20)
警察伦斯的叙述 …………………………………………… (28)
广告引来了怪客 …………………………………………… (34)
葛莱森大显神通 …………………………………………… (40)
一线光明 …………………………………………………… (48)
荒漠中的旅客 ……………………………………………… (56)
犹他之花 …………………………………………………… (63)
约翰·费瑞厄与先知的谈话 ……………………………… (69)
出逃 ………………………………………………………… (74)
复仇的天使 ………………………………………………… (81)
华生回忆录的补述 ………………………………………… (88)
尾声 ………………………………………………………… (97)

四签名

演绎法的研究 ……………………………………………… (105)

陈述案情 …………………………………… (113)
寻求解答 …………………………………… (118)
秃头男人的故事 …………………………… (124)
发生在别墅里的惨案 ……………………… (133)
福尔摩斯的判断 …………………………… (139)
木桶的插曲 ………………………………… (146)
贝克街的侦探小队 ………………………… (157)
线索中断 …………………………………… (165)
凶手的末日 ………………………………… (173)
大宗阿克拉珍宝 …………………………… (181)
斯冒的离奇故事 …………………………… (186)

血字的研究
XUEZIDEYANJIU

录自前陆军军医部医学博士
约翰·H. 华生回忆录

歇洛克·福尔摩斯先生

一八七八年我获得了伦敦大学的医学博士学位，之后就到耐特黎去学习军医的必修课程。我在那里完成学业后，立即就被派往驻扎在印度的诺桑伯朗第五明火枪团，去担任军医助理。我还没来得及赶到部队，第二次阿富汗战役就爆发了。刚到孟买我就听说我所属的部队已经穿过山隘，向前挺进，深入敌占区了。即便这样，我仍旧与一群和我一样落伍的军官朝前赶去，平安地到达了坎达哈。我在那里找到部队后便立刻执行起新任务。

许多人在这次战役中收获了晋升和荣誉，而我却只有不幸和灾难。调到巴克州旅后，我随部队参加了迈旺德激战。在这次血战中，一粒捷则尔枪弹射中了我的肩部，肩骨被打碎，动脉擦伤，如果没有勤务兵摩瑞将我及时地举到马背上，使我安全地返回英军阵地，恐怕我就要栽到那些残忍的嘎吉人之手了。伤痛的折磨、长期鞍马劳顿，使我身心疲惫，奄奄一息。部队将我和一大批伤员送到了波舒尔的后方医院。在医院，我的健康逐渐恢复起来，可是当我已经能够在病房中轻轻走动，甚至还能在走廊上享受一会儿阳光的时候，我又病倒了，不幸患上了印度

属地的该死的疫症——伤寒。一连几个月的昏迷不醒后我终于从死神手里挣脱出来,渐渐好转了。但久病后我的身体几乎衰弱到极点,所以,经医生会诊,决定立即送我回英国,刻不容缓。于是我就乘运兵船"奥伦汀号"回国了。一个月后,船在普茨茅斯的码头靠岸了。那时,我几乎到了死亡的边缘,似乎很难有所好转,好在慈善的政府准我九个月的疗养假,让我休养生息。

我在英国举目无亲,自由得像空气一样,或者说是像一个日收入十一先令六便士的人那样悠然自得。于是,我几乎身不由己地被吸引进伦敦这个泥淖中,大英帝国所有的游手好闲的人都在这里汇集。我在伦敦河滨马路上的一家公寓里居住了一段时日,过着百无聊赖的生活,钱一到手就挥霍一空,很快就出现透支,入不敷出,因此经济状况拮据起来。我很快意识到:我必须离开这个大都市迁居到乡下去;不然就必须换一种活法儿。我实行了第二种方案,决意离开这家公寓,另找一个较为经济合算的住处。

做出决定的那天,我正站在克莱提里安酒吧门前,忽然有人拍我的肩膀,一看,原来是小斯坦福。他是我在巴茨时的一个助手。在这人流如梭的伦敦城中,突然遇到一个老相识,对于一个茕茕孑立、形影相吊的人来说,的确是一件令人欣慰的事。在巴茨时,小斯坦福并不是我最好的朋友,但现在的感觉却不一样。毕竟是在异乡,他也很高兴。我兴奋地邀他去吃饭,这样我们就一同乘上了去餐馆的车。

车子穿过热闹的街道,他惊奇地看着我,问道:"华生,你是怎么搞的?形容憔悴,瘦得快成骷髅了。"我简单地讲述了我的艰难的经历,话还没说完,就到地方了。听了我的可怜遭遇后他说:"可怜的家伙!你现在有什么计划呢?"我回答说:"我想先稳定下来,是否可以租几

间价格低廉又非常舒适的屋子，这事好办吗？"

我的伙伴说："真是难以置信，今天你是第二个对我这么说的人。""第一个是谁？""是一个在医院化验室工作的人。今天早晨他还愁得无计可施，他找到了几间合适的房子，但是，租金如此贵以致于他一个人难以负担，却又找不到合租的人。"我说："这真是太好了，如果他真的要与人合租的话，我不妨自荐一下，因为我喜欢有伴儿，可不想独自一人住着。"

小斯坦福从酒杯上方很惊讶地望着我说："你还未听说是歇洛克·福尔摩斯吧，不然，你不会愿意与他长期共处的。"

"怎么回事？莫非他有什么问题吗？""哦，我不是说他有什么缺点。他只是有许多古怪的想法，并不停地研究科学。我知道，他是一个正直的人。"我说："大概他也是一个研究医学的人吧？""不是，究竟他在研究什么我一点也搞不清。他精通解剖学和药剂学，但我知道他从未系统地学过这些门类的知识。而且他研究的东西非常杂乱无章，并且也很离奇，他所具备的稀奇古怪的知识足以让专业教授都自愧弗如。"

我问道："你从未打听过他在研究些什么吗？""没有，他可是从不轻易吐露心事的。尽管他高兴的时候，也喜欢高谈阔论。"我说："你这么一说，我倒想见见他。如果与别人合租，我愿意与有知识的、性格沉稳的人在一起。我现在还很虚弱，无法忍受任何噪音和刺激。我在阿富汗吃尽了这种苦头，这辈子再也不想遭这罪了。我怎样和你的朋友见面呢？"小斯坦福说："此刻他一定在实验室里。他总是要么整天呆在那里，要么几周不去一次。你若方便，吃完饭咱们就去他那儿。""那太好了！"我说。接着我们又说了点题外话。

血字的研究

在去医院的路上,我的伙伴又讲了许多有关我未来的合租人的情况。他说:"如果你觉得他难于相处可别埋怨我。我们是在化验室里偶然相识的,对他的了解仅限于这些。既然你自愿如此,那就别叫我负责了。"我说:"处不来就散,这容易。"我盯着同伴说,"伙计,看来你对此事并不热心,是另有原故的。这个人的性格是否真的那样恐怖,还是另有原因?你就直说了吧。"他笑着说:"有时语言真是没用。我认为,这个人是过于科学化了,几乎不动感情。有一次,他让他的朋友尝一小撮植物碱。你应该明白,他并没什么恶意,只是出于一种探索的冲动,想全面了解这种药物。公道地说,他自己也会毫不犹豫地把药吃下去。由此看来,他对于科学的研究有些痴迷。""这种精神值得推崇。""我也这么认为,不过有时也太过分。他曾在解剖室里用木棍抽打尸体,这可不能说正常吧?""有这事吗?""是啊,他是想看一看人死后究竟能出现什么样的伤痕。我亲眼看见过他这么做。""你说过他不是学医的呀。""是呀。鬼知道究竟他在研究些什么学问。噢,到了,究竟他是怎样的一个人,你自己看看吧。"在他的话音中,我们下了车,沿着一条窄胡同,进了一个不大的旁门,到了医院的侧楼。这是我再熟悉不过的地方,无须人领路我们就走上了白石砌成的台阶,穿过一条长长的走廊。雪白的两壁,配上暗褐的小门,从走廊尽头的一条低低的拱形过道过去,一直到了化验室。

化验室又高又大,四面乱七八糟地摆着很多瓶子。几张又矮又大的桌子上放着许多蒸馏器、试管和一些跳跃着蓝色火焰的小灯。有个人坐在较远的桌子前,俯着身全神贯注地工作着。听到脚步声,他转过身来,然后跳起来,手舞足蹈地大叫:"我发现了!我发现了!"他一面说着,一面手里拿着一个试管向我们冲过来,"我发现了一种试剂,只

能用血色蛋白质来沉淀，别的都不管事。"即使他发现了金矿，未必会比现在更高兴。

小斯坦福给我们做介绍："这位是华生先生，是个医生，这位是福尔摩斯先生。""您好。"福尔摩斯热诚地说，一边用力握住我的手。我无法相信他会有这样大的力气。"依我看，您曾去过阿富汗。"我非常惊讶，问道："您是怎么知道的？""这无关紧要，"他哈哈地笑了起来，"现在要讲的是血色蛋白质的问题。没有问题，你一定明白我这发现的重要性吧？"我答道："从化学角度来说，毫无疑问这是很有价值的，但是从实用角度……""先生，您不认为这是近年来实用法医学上最重大的发现吗？这种试剂能在血迹鉴别上百发百中呀。到这儿来！"他拉着我，来到他工作的那张桌子边。"弄点血试试。"说着，就用长针将自己的手指刺破，然后用吸管取了血。"现在用一公升水溶解这一滴血，这与清水没什么两样。血与水的比例不到百分之一。现在咱们看看反应。"说着他把几粒白色晶体放入液体，又加入几滴透明的液体。很快，一些棕色的沉淀物慢慢出现。"哈哈！"他像个孩子似的拍着手喊道，"怎么样？过去的试验方法既不便操作又缺乏准确性。用显微镜验血细胞的方法也有缺陷！如果在血迹干过几小时后，显微镜便无计可施了。现在就不同了，不管血迹如何，这种新试剂都同样有效。如果这种检测方法提早发现，那么世界上就不会有许多罪犯成为漏网之鱼，逍遥法外了。"

我轻声地说道："确实如此！"许多刑事案件的关键点就在于此。很多情况下，案发后几个月才能有犯罪嫌疑人的线索。在仔细检查他的衬衣或者其他衣物后，发现上面有褐色污点。这污点是血迹，是泥迹，是铁锈，还是果汁的痕迹，抑或是其他什么东西？这是个让许多专家颇

血字的研究

感头疼和棘手的问题。原因何在呢？就是因为没有值得信赖的检测方法。现在，有了歇洛克·福尔摩斯检测法，一切变得简单了。"他说话的时候，目光如电，充满机敏和生气。他把一只手按在胸前，鞠了一躬，仿佛是向幻想中正在热烈鼓掌的观众致谢一样。我深为他那兴奋的神情而震惊，我说："祝贺你。"

"去年在法兰克福发生过冯·彼少夫一案。如果当时就有这个检验方法的话，那么，他死定了。此外还有布莱德福地方的梅森、十恶不赦的摩勒、毛姆倍利叶的洛菲沃以及新奥尔良的瑟姆森。类似的案件不胜枚举，在这些案件中，用这个方法都会大获全胜。"小斯坦福大笑起来，说："你就是一部犯罪案件的百科全书。你简直可以独创一份报纸，命名为'警务新闻旧录大全'。""读这种报纸一定其乐无穷。"福尔摩斯说着把一小块橡皮膏贴在手指破口上，"我必须多加小心，"他转过头来对我笑了笑，接着又说，"因为我常接触毒品。"说着伸出手来给我看。他的手上几乎遍布了相同的橡皮膏，加上强酸的腐蚀，手变得惨白。"我们来找你办点事，"小斯坦福坐到了一只三脚高凳上，同时将另一只同样的凳子踢给我，说，"我这朋友打算与你合租一处房子，现在我正式将他介绍给你。"福尔摩斯听了这个想法和建议，似乎感到很高兴，他说："我相中了一所地处贝克街的公寓式住宅，对我们来说再好不过，但愿您不反感浓烈的烟草味。"我说："我抽的是'轮船'牌香烟。""那太好了。我常常摆弄一些化学药品，偶尔也做些试验，你不介意吗？""不会的。""让我想想——我还有其他的毛病吗？有时我心情不佳，一沉默就是好几天，出现这样的情形，您别以为我是在怄气，不用理我，顺其自然，很快就好。您有些与众不同吗？是不是也说说？同住之前，最好能够对彼此的最大缺点有所了解。"

血字的研究

看到他如此认真,我心中发笑。于是我说:"如果算毛病的话,我养了一条小狗。我怕吵闹,因为神经受过强烈的刺激。我有时早起,有时则赖在床上,毫无规律可言。身体好的时候,还会有其他一些不好的习惯,但眼下就这些不足了。"他又匆匆地问:"你认为提琴声也是噪音吗?"我说:"那要看谁拉了。拉得好,听上去是一种享受,不然就……"福尔摩斯打量着我,说:"这样就好。如果您觉得那所房子还不错,我想咱们的合作就算成功了。""什么时候去看那房子?""明天中午你先到我这儿,咱们一同去,这样事情很快就能定下来了。"我与他握了手,说:"那好吧,不见不散。"不等我们离开,他又去忙他的化学实验。我和小斯坦福一同回我的住处。

"对了,"我突然站住,对小斯坦福说,"他怎么知道我去过阿富汗呢?"小斯坦福笑了笑,说:"他就是这么与众不同。很多人都不知道他为什么这么神。""唉,太神秘了!"我来回搓着手说,"简直不可思议。感谢你让我认识了他。人们都说'了解人类最好的途径是研究具体的人'。""对,他值得深入地研究,"小斯坦福临别前对我说,"不过,他是个难以琢磨的人物。我相信,他会更高明地去了解你的。再见!"我与他道了别,在回去的路上,我觉得我的朋友很有趣。

演绎法

与福尔摩斯约好第二天见面，一同到他所提到的贝克街221号乙去看房子。这所房子由一间舒适的卧室和一间通风良好的宽敞的起居室组成，房间布置得让人心情舒畅，再加上两扇宽大的窗子，阳光分外充足，光亮异常。不管怎样看，这些房间都是无可挑剔的。租金由于两人平分，就显得更经济了，因此当场成交，马上租定。当晚，我就整理好行囊搬了进去。

次日清晨，福尔摩斯也把几只箱子和旅行皮包搬了进来。接下来的一两天，我们忙着布置房间。一切就绪后，逐渐安定下来，也开始适应了这个令人满意的新环境。坦白地说，福尔摩斯不是个很难交往的人。他沉稳安静，生活很有规律，很少有十点后熬夜的情况。他总是在我还躺在床上的时候就吃完早饭出去。有些时候，他整天泡在化验室或者解剖室里；偶尔也出门远足，大多好像去伦敦城的贫民窟一带。在他工作兴致高的时候，没有一个人能与他旺盛的精力相比；可能是物极必反的缘故，他有时整天躺在起居室的沙发上，从早到晚，缄口不言，纹丝不动。每每这时，我总能发现停留在他眼中的茫然。要不是他平日生活严谨又十分有规律，我简直要怀疑他有服麻醉药品的癖好了。

接连几个星期，受好奇心的驱使，我越来越留意他的个人兴趣爱好和关心他的人生目的。他的相貌和外表给人的第一感觉就颇为惹眼。他身高约六英尺多，身材颇为瘦削，因此显得修长；目光如电（当然沉思发呆的时候除外）；又细又长的鹰钩鼻子使他显得特别敏锐果决；下颚

血字的研究

方正而突出,显示出坚毅的个性。虽然两手沾满了斑斑点点的墨水和化学药品,可动作却异常的规范和干练。他摆弄那些精致易碎的化验仪器时,我时常在暗地里注意他的一举一动。我不得不承认福尔摩斯极大地勾起了我的好奇心,我也时刻想方设法突破他缄口不谈自己的坚实防线。这样,读者也许要把我看成一个喜欢惹是生非的讨厌鬼吧。但是,在您下此结论之前,不妨设身处地地想想我:我的生活是多么地单调乏味;在这种境况中,能够引起我兴致的东西又是多么寥若晨星。除非天气特别晴朗,我的健康状况是不允许我有太多的户外活动的;同时,我又缺乏友人的造访,只是独享这种孤寂的生活。

在此情况下,我自然而然地关心起同伴的古怪和神秘来,并把大部分时间和精力花费在刺探这个秘密上。他不是在搞医学学术研究。在回答我的一个问题时,他肯定了小斯坦福在此方面的说法。他既不像为了获取学位而努力攻读某种学科,也不像是在通过一定途径努力进入学术领域。然而他对某些方面的研究投入的精力非常人所能及;在一些稀奇古怪的学科领域,他显示了超人的能力。因此,他常常语惊四座。毫无疑问,如果没有特定的目的作为内驱力,没有谁会如此忘我地投入以获取精确的知识的。除非有颇具说服力的理由,不然决不会有人对细枝末节穷追不舍,乐此不疲。他在另外一些领域的无知与他对某些知识的熟知同样令人惊讶。他的现代文学、哲学知识少得可怜。我与他谈起托马斯·卡莱尔的著作,他竟然不知道卡莱尔是何许人,做过何事。更令我哭笑不得的是他对哥白尼学说以及太阳系的构成竟然一无所知。这对于一个生活在十九世纪有知识的人来说,简直不可思议。

他对我的惊讶不以为然:"奇怪吗?这些知识我在努力将其忘掉。""忘掉?"他说:"你应该知道,人的大脑如同一间空空的小阁楼,对放置进去的家具要有选择,只有傻瓜才会把他碰到的各种各样的破烂不加选择地装进去。不然,无用的东西会挤占太多的空间,或者许多东西杂

处,条理不清。因此,一个高效工作的人将非常谨小慎微地选择一些东西,把它们存储进那小阁楼似的大脑。除了对工作有所帮助的工具以外,他什么也不要,而这些工具又一应俱全,有条有理。如果认为这间小阁楼的墙壁极具张力,有无穷的潜力,是不对的。你应该知道,新增加的知识会挤掉你原来谙熟的东西。所以只保留有用的东西是必要的。"

我与他争辩:"你应该知道的是关于太阳系的大问题。"他打断我的话说:"这与我有关系吗?咱们是围着太阳转还是围着月亮转会影响到我和我从事的工作吗?"我正要问他做什么工作,却突然意识到这个问题也许会令他不快。我整理了一下我们谈话的内容,极力想从里边获取一些可供推理的信息。他认为他不懂的东西是对他的工作没有帮助的东西,那么他眼下掌握的都是对他有用的了。我便暗自在头脑中对他所掌握的知识做了一个小结,并用铅笔记录下来。写完一看,我不禁笑了。结果竟是这样:

歇洛克·福尔摩斯的学识范围

1. 文学——贫乏至极。

2. 哲学——一无所知。

3. 天文学——一窍不通。

4. 政治学——浅薄透顶。

5. 植物学——很有限,但对于茛菪制剂和鸦片却有全面的掌握。对毒剂有一般的了解,而对于实用园艺学却如同门外汉。

6. 地质学——侧重实用,可也有限。但他一眼就能辨别出土质的差异。他从外面回来,指着溅在裤子上的泥对我说了泥的颜色和坚硬度,并说出这种泥出于伦敦的什么地方。

血字的研究

7. 化学——异常精深。

8. 解剖学——准确，但不成系统。

9. 惊险文学——很广博，几乎对近一个世纪以来发生的一切恐怖事件都了如指掌。

10. 提琴极其擅长。

11. 善使棍棒，刀剑拳术尤其精通。

12. 全面掌握英国的法律，并且实用。

我看了自己写的东西，大感失望，于是将纸条扔在火里，喃喃地说："根据他具备的知识来推论他从事的行业，看来是徒劳的，还是不要瞎猜的好。"

我在前面曾提到过他擅长拉提琴。他琴技的出色像他的其他本领一样有一种与众不同的古怪。我听过他拉的一些曲子，而且是难度颇大的曲子。因为应我的请求，他曾拉了几支门德尔松的短歌和他日常喜欢的曲子。但他一个人的时候，就会拉得曲不成调了。他常常在夕阳西下时，深深地坐进椅子里，双目紧闭，两手随便地弹着放在膝上的提琴。琴声时而高亢激昂，时而欢快古怪。显而易见，这些琴音是他当时情感和思绪的流露和表现，不过这曲调是否对他的思绪推波助澜，或者仅仅是一时兴起，我就不敢妄加断言了。对于他的那些尖锐刺耳的独奏，我感到简直难以忍受；要不是他常常在此之后接连拉上几支我欣赏的曲子作为对我受苦的耳朵的回报，我简直要发作起来了。

在入住的十几天里，没有任何人登门造访。于是，我以为福尔摩斯与我一样与外界没有交往。但我错了，他不但朋友众多，而且来自各个阶层。其中有一个尖嘴猴腮、其貌不扬的，福尔摩斯说他叫雷斯德，他们来往频繁。一天，来了一位打扮入时的姑娘，很快又走了。接着又有一位衣衫破旧、头发灰白的人，神色显得很紧张，还有一位脏兮兮的老妇人。有时来访的是位老年绅士，有时却是火车上的茶房。这些人来访

时,福尔摩斯总是让我到卧室回避。因此他常常向我道歉。他说:"我只好在这间房子里办公,因为他们都是我的顾客。"有一次我想开门见山地问他,但我还是没有难为他。我当时想,他对自身职业的隐瞒,一定有他的理由和苦衷。但是,他不久就主动地谈到了这个问题,改变了我原来的想法。我清晰地记得,那是三月四日,我比平时起得早些,当时福尔摩斯还没用过早餐。我一向起得很晚,这一点房东是知道的,所以没有准备我的早餐,就连惯常的一杯咖啡也没准备好。一股无名的怒火冲上脑门,我立刻按响了铃,告知房东太太,我想用餐,接着随手拿起桌上的一本杂志翻看,不耐烦地等待着,福尔摩斯则默默地嚼着面包。有人在一篇文章下面用铅笔做了标记,于是我开始读这篇文章。

文章的题目似乎有些张扬,叫什么"生活宝典"。文章试图说明:一个敏于观察思考的人,如果对他所接触的事物加以敏锐系统的分析,他将收获颇丰。我觉得此文有些哗众取宠的味道,尽管有它的精辟之处,可也难逃荒谬之嫌:在说理上,它严密而无漏洞;但在结论上,依我看,不免有些穿凿附会,故弄玄虚。作者强调,从一个人瞬间的神情,一条肌肉的运动以及眼神的变化,都可推测出他的真正心思。按照作者的逻辑,对于一个在观察和推理上训练有素的人来说,"欺骗"简直是无稽之谈。他的结论和欧几里德定律一样准确得无懈可击。而这些结论使一些外行人确实吃惊不小,在他们弄清他所以得此结论的必要铺叙之前,他们简直可以把他当做一个先知先觉的圣人来膜拜。

文章说:"一个逻辑学家可从一滴水推断出大西洋和尼亚加拉瀑布的存在,而不必听说或见到它们。因而全部人类生活是一个巨大的链条,只要了解其中一环,全部链条就可以凭推理得知。这门科学与其他技能类似。比如遇到一个人,一打眼就要判断出他的经历和职业。这种训练好像无聊可笑,但它却能把一个人的观察力锻炼得异常敏锐,并且指明:观察的切入点、视角、内容。一个人的手指甲,衣袖,靴子和裤

血字的研究

子的膝盖部分,大拇指与食指之间的茧子,神情,气色,衬衣袖口等等,以上任意一点,都能清晰地显现出他的职业来。如果对这些特征进行综合分析后,还不能让案件调查人豁然开朗,那简直不可思议。"

读到这里,我把杂志丢在桌子上,大声说道:"简直是一派胡言,我长这么大第一次见到这样无聊至极的东西。""哪篇文章?"福尔摩斯问道。"噢,就是这篇。"我边吃饭边用小匙子指给他看,并说,"你肯定也读过了,因为上面有你用铅笔做的标记。可以说这篇文章写得很棒,但是我读了之后,还是禁不住要生气。显然,这一定是一个衣食无忧、终日闲散的懒汉,坐在他的书房里异想天开地编造出来的一套亦假亦真的理论,如空中楼阁一样不着边际。我倒想看看把他关进地铁的三等车厢中,让他说出同车人的职业。我愿意同这人打赌,一千对一的赌注都行。""那你输定了,"福尔摩斯平静地说,"这篇文章的作者就是我。""是你?!""对了,我在观察和推理两方面极具才能。我在这篇文章里所提出的那些理论,在你看来简直荒诞不经,而实际上它却屡试不爽,非常实用,从而为我挣得了这份干酪和面包。""你靠这个生活?"我吃惊地问。"对了,这就是我的职业。人世上操此职业的恐怕只有我一个,我是一个'知识型侦探',对这个行当你可能知之甚少。伦敦有许多官方侦探和私人侦探,每每陷入麻烦时,他们便来向我求援,我设法把他们引入正轨。他们把所有的犯罪线索和证据提供给我,大多数情况下,我都能够依仗我的专业知识对他们进行纠错。犯罪行为都有基本的类似点,如果你对一千个案子的细节都能了如指掌,而对第一千零一个案子毫无头绪,那才不可思议呢。雷斯德是位著名的大侦探,最近他在一桩伪造案里如坠迷雾,所以他向我求救。""那其他人呢?""这些人大都是私家侦探让他们来的。他们遇到了难题,请我指点迷津。我让他们讲详细的经过,然后给他们出主意。这样,我的生活费用就有了着落,就这样。"

我说:"你是说,别人虽然目击种种事实,都觉得无从下手,你却仅凭他的讲述就能做出合乎实际的推理。""的确如此,因为我的直觉颇为敏锐,分析问题几乎万无一失。偶尔会碰到一件较为麻烦的案件,那么,我就需要实地侦察。你知道,我有许多稀奇古怪的知识,对于许多案件的解决都很奏效。那篇文章里的几个推断法让你讥笑,但运用于实际,却有不可估量的价值。观察力是我的第二天赋。你初来乍到,我就对你说,你是从阿富汗来的,你当时好像也很吃惊。"

"那有什么,一定有人对你说过。""完全不是那回事。我的论断来自于我对表象的推理。这虽然是在一瞬间完成的结论,可中间却是有一定的步骤作为根据的。在对你的判断上,我的推理过程是这样的:'这位先生具备医生的风度,又不乏军人的气质,那么,显然他是个军医。很明显,他从热带回来不久,脸上还带着日晒的光泽。他的腕部皮肤黑白可辨,可见黑色不是他的自然肤色。他面黄肌瘦,这暗示出他饱经折磨、历尽艰险。他左臂伤过,现在动作还不灵便。试想,一个英国军医在热带战区经历曲折,并且臂部负过伤,除了在阿富汗还能在什么地方呢?'这一系列连贯的想法一闪而过,我便很快地得出了你来自阿富汗的结论,你当时还很奇怪呢。"

我微笑着说:"经你这么一说,这件事蛮容易的嘛!你倒让我联想起爱伦·坡的小说中的侦探杜宾来了。我难以相信这样的人物竟然会在现实中出现。"福尔摩斯站了起来,点燃烟斗。他说:"你肯定认为把我和杜宾相提并论就是对我的嘉奖了,可我看杜宾却不值一提。他沉默了足有一刻钟,然后才突然道出他朋友的隐私,这不免有些矫揉造作。的确,他有些辨析事情的天分,但决非爱伦·坡理想中的天才人物。"

我问道:"你读过加普里奥的作品吗?你认为勒高克怎么样,他能算是侦探吗?"福尔摩斯轻蔑地哼了一声,恶声恶气地说道:"勒高克是个蠢货,唯一可以称道的就是他的精力。那本书简直胡说八道,其主题只

血字的研究

是讲怎样去辨识陌生的罪犯。我仅用一昼夜就能解决的问题却耗去勒高克半年时光,这样一段时间可以写出一部供侦探们学习的教科书,以此提醒他们应该注意些什么。"

我听他把我的两个"偶像"说得一无是处,心里颇为气愤。我于是走到窗口,望着喧嚣的街道。我自言自语地说:"这个人或许聪明过人,但也未免太目空一切了。"他牢骚满腹地说:"近来一直没有案件,也没有发现什么罪犯,使我们吃这碗饭的聪明头脑闲置起来了。我深信我的独特才能足以使我闻名遐迩。我在侦破案件上既富天赋又造诣颇深,古往今来,还没有人能与我相媲美。可结果如何呢?竟然无事可做,最多不过是些简单无聊的案件,犯罪动机显而易见,就连苏格兰场的笨蛋们也一看便知原委。"

我对他自吹式的谈话不以为然,于是想换个话题。"你看这个人在找什么?"我指着在街上慢慢走着寻找门牌号的人说,那是个身材高大、穿着简朴的人。他手中拿个蓝色大信封,一看便知是个邮差。福尔摩斯说:"你是说那个从海军陆战队退役的下等军官吗?"我暗自想道:"又在大言不惭了。他明知我无法证实他的论断。"

我还没来得及想别的,只见我刚才观察的那个邮差看到了我们的门牌号码以后,就飞奔过来。一阵急促的敲门声后,楼下传来低沉的讲话声,接着是一阵沉重的上楼脚步声。一进房门,那人就将信交给了我的同伴,说:"这信是给福尔摩斯先生的。"这正是挫一挫福尔摩斯锐气的好机会。他刚才口无遮拦,决不会料到目前这步。我尽可能以温和的声调说道:"小伙子,请问你从事什么职业?""我是个邮差,先生,"那人大声地回答说,"我的制服拿去修补了。""此前你从事什么职业?"我问道,同时偷偷地看着我的朋友。"下等军士,先生,我从前在皇家海军陆战轻步兵队服役。有信要寄吗,先生?好吧。"他双脚一并,行举手礼,转身出去。

福尔摩斯探案全集

花园街的惨案

这又一次证实了福尔摩斯理论的准确性。我只得承认,我十分吃惊并对他的分析判断能力佩服得五体投地。尽管如此,心中仍有许多疑问,唯恐被他事先设好的圈套欺骗。但他为什么要骗我呢?我望着他,这时他已通读了来信,目光茫然,陷入沉思。

我问道:"你怎么进行推理的?"他粗声粗气地问道:"什么?""嗯,你是凭什么推断那个邮差从前的职业的?""我没有时间谈这些小事,"他不耐烦地回答,很快又笑着说,"请不要介意我的粗鲁。你打乱了我的思路,但没关系。如此说来,你真的看不出那邮差从前的职业了?""是的。""得出这个结论很容易,可是要说明为什么,却不那么简单。如果要你证明简单的数学算式,你会觉得有些困难,然而你却知道这是个颠扑不破的真理。我隔着一条街就看见这个人手背上刺着蓝色大锚图案,这是海员的标志。况且他的行为举止又颇具军人气质,蓄着军人特有的络腮胡子。因此,我觉得他是个海军陆战队员。他有些高傲,带着明显的命令神色。你没注意他自以为是的神态吗?表面看上去,他又是个庄重而稳健的中年人。据此,我推断出他从前的职业和职务。"

我不禁由衷地赞叹道:"太精彩了!""这很平常。"福尔摩斯说。但从他的神情看得出,他颇感自豪,因为我表现出了对他的钦佩。"我刚刚还为没案子可办烦恼,看来这种苦恼完全是多余的,你看看这个吧。"说着他把刚刚阅读过的信扔给了我。"哎呀,"我草草地看了一下,不由地惊叫起来,"太恐怖了!"他平静地说:"这件事看来有些异乎寻常。请你大声地把信给我念一念好吗?"

下面就是那封信。

血字的研究

亲爱的福尔摩斯先生：

昨天夜里，在劳瑞斯顿花园街3号发生了一起凶杀案，地点在布瑞克斯顿路末端。凌晨两点左右，巡警忽然发现该处房里有灯光，平时知道此房是无人居住的空房，所以想到出了什么差错。近前发现屋门洞开，室内空空如也，一具男尸横卧其中。尸体穿着整齐，衣袋内还有一张印着"伊瑙克·J.垂伯，美国俄亥俄州科里夫兰城人"字样的名片。死者死因不明，也没有遭劫的痕迹。发现了几处血迹，但死者并未受任何外伤。死者怎么在室内出现的，我们无从索解，此系无头案，我在此等您。目前现场保持完好，如不能来，请指点迷津，不胜感谢。

特佩俄斯·葛莱森敬上

福尔摩斯说："葛莱森是苏格兰场中数一数二的干练人物。他和雷斯德堪称是那些笨蛋中的顶尖级人物。他们也能明察秋毫且精明干练，可总是习惯于墨守陈规，固步自封，而彼此间又明争暗斗，争风吃醋。如果他们两个联手办案，那一定会出现令人啼笑皆非的局面。"

看到福尔摩斯还在娓娓道来，我很为他着急，不禁喊了起来："简直是刻不容缓，要我替你叫辆车吗？""我还没决定去不去呢。我的确可以算是世界上罕见的懒汉，尤其懒劲儿发作的时候，因为我有时很勤奋呢。""什么？你不是一直在等待这样的机会吗？""嗨，朋友，这与我没多大关系，如果我把案子破了，我确信，葛莱森和雷斯德这伙人是会坐享其成、窃取果实的。因为我是个私人侦探。""但是他们现在是向你求援呀。""是的。他们承认我比他们高明，当着我的面他们也不会矢口否认；但是有第三者在场，割掉他们的舌头他们也不会承认这一点。说归说，咱们最好瞧瞧去，我可以单独行动。即使我得不到嘉奖，

也可以取笑取笑他们。走吧!"

他披上大衣,那种匆忙的样子说明他勃勃的兴致已压倒了漠然冷淡的一面。他说:"戴上帽子。""你不介意我也去吗?""是的,如果你方便的话。"一分钟后,我们就坐上了一辆奔向布瑞克斯顿路的马车。

这是一个昏暗多雾的早晨,屋顶被灰褐色的烟雾笼罩着,与下面的泥泞街道遥相呼应。我的同伴兴致大发,滔滔不绝地大谈意大利克利莫纳出产的提琴以及思特莱第瓦瑞提琴与阿玛蒂提琴之间的区别,而我却静默地充当一位忠实的听众,因为这晦暗的天气和充满血腥的案件使我心境黯然。最后我不得不打断他的话说:"你似乎对目前的案子不太关心。"他回答说:"线索和材料不全啊。在占有全部证据之前,光下某种设想性的结论是最忌讳的,那会使判断出现误差。""你很快就可以看到材料了。"我说着用手指着前面,"假如我没有猜错,这就是布瑞克斯顿路,那就是出事地点。""没错。停下,快停车!"在距出事地点一百码的地方我们下了车,步行过去。

那栋房子看上去就是处凶宅。依次是四栋房子,离街道有一段距离,3号是其中的一栋,也是四栋房子中空着的两栋之一。长期闲置,情形甚为寥落。布满灰尘的玻璃上到处贴着"招租"的帖子,像眼睛上的白翳。每座房前都有一小片郁郁葱葱的花园,把房子和街道隔开。一条用黏土和石子铺成的小路贯穿花园。一夜大雨,到处污泥浊水。花园四周是矮墙,三英尺左右高,墙头上是木栅。一个身材高大的警察倚墙而立,旁边有几个好事者,探头探脑往里看,试图瞧一瞧里面的景象,可结果却使他们失望,什么也看不到。我当时猜想,福尔摩斯一定会马不停蹄地着手研究这个神秘的案件,可他一脸漫不经心的神态,没显出任何急切的神情。此情此景,我觉得这未免有些做作。他不住地在人行道上徘徊,失神地盯着地面,一会儿又专注于天空和对面房子以及墙头上的木栅。他细致地勘查后,就缓缓走上小路。对了,他是从草地上走过去的,并全神贯注地观察着路面。他有两次停下来,有一次我还看见他

血字的研究

笑了笑,并伴随着他一声满意的欢呼。在这湿漉漉的泥地上,有许多脚印。但是因为有过往的警察从上面凌乱踩过,我想不出我的同伴会在上面发现什么有价值的东西。可我记忆犹新的是,那次他是怎样雄辩地证明了他非凡的观察力,所以我坚信他能看出许多我所力不能及的东西。

在房子的门口,有一个淡黄色头发皮肤白皙身材颀长的人过来迎接我们,他拿着记事本。他快步上前,握着福尔摩斯的手说:"你终于来了,实在太好了。所有的东西都保持原始状态。""那地方除外!"福尔摩斯指着小花园说,"就是一群水牛经过这里,也不会如此糟糕。没问题,葛莱森,你一定是以为有了结果,才保存了这样的现场吧。"这个侦探推诿说:"我忙屋里的事,外边的事交给雷斯德负责的。"福尔摩斯眉毛上扬,同时看了我一眼,用嘲弄的口吻说:"你和雷斯德在这里,别人就无事可做了。"葛莱森搓着两只手无奈地说:"我们已经尽力了。这的确是一个离奇的案子,我知道你能对付得了。""你来时没坐马车吗?"福尔摩斯问道。"没有,先生。""雷斯德呢?""他也没有,先生。""那么,咱们到里面看看。"福尔摩斯以跳跃性的思维问完话,便阔步走进房中。葛莱森跟在后面,脸上不乏惊讶的表情。

通向厨房的是一条短短的过道,上面没铺地毯,灰尘四起。过道左右各有一扇门,其中一个显然很久没有开启过。另一个门通向餐厅,惨案正是在餐厅里发生的。福尔摩斯先进去了,我尾随其后,倍感沉闷压抑。这是因为死尸的缘故。

这是一间方形大屋子,由于没有摆放家具,因此显得很空旷。墙上贴满劣质花纸,有些地方已经出现了霉点,有些地方黄色的墙壁已经从大片剥蚀的花纸上露了出来。门对面的壁炉倒很雅致。壁炉框由白色假大理石制作而成,炉台的一端有一截红色蜡烛。屋里只有一个窗子,肮脏不堪,以致室内光线非常昏暗,一切看起来是那样惨淡。屋内尘土遍布,更增加了一份凄惨。这些是我后来才留意到的。进去的时候,我的注意力全被眼前那个恐怖的死尸所吸引:他直直地躺在地板上,暗淡无

光的双眼盯着褪了色的天花板。死者的年龄在四十出头，身材适中，肩膀宽阔，一头浓黑的鬈发，胡须短而硬，着黑色的厚呢礼服上衣和背心，浅色裤子，装着白净的硬领和袖口，身边是一顶整洁的礼帽。死者双拳紧握，两臂张开，双腿盘结，可以看出他进行过垂死前的挣扎。他脸上所表现出的扭曲可怖的神情，依我看，是一种刻骨的仇恨，我从未见过的仇恨神情。狰狞的面容，加上恐怖的怪状，再加上一个低削的前额、平坦的鼻子和前凸的下巴，俨然一个稀奇古怪的塌鼻猿猴。还有，那种生硬的痛苦腾跃姿态，整体看来更加恐怖。我目睹过形形色色的死人，但这发生在伦敦市郊大路旁的黑暗、肮脏的房子里的凶杀景象却是平生仅见。

　　身材瘦削而颇具侦探家气质的雷斯德，此时正站在门口向我们招手示意。他说："这件案子要引起轰动了，先生，我也不是一无所知的新手，可我从来没遇到过这样棘手的案件。"葛莱森问道："有线索吗？"雷斯德说："一点也没有。"福尔摩斯来到尸体前，跪下来一丝不苟地检查着。"肯定没有伤痕吗？"他指着周边的血迹问道。两个侦探异口同声回答说："肯定没有。""这么说，这血迹是另属他人，也许是凶手的。如果此案件属于凶杀，那么我倒想起了一八三四年邮垂柯特地方的凡·简森遇害时的情形。葛莱森，你记得那个案子吗？""记不清了，先生。""你应该温习一下这个旧案。世上的事都是前人做过的，没什么新鲜的。"

　　说话的时候，福尔摩斯手指灵活地这儿摸摸那儿按按，一会儿又解开死者的衣扣检查一番，他的目光又开始失神了。他检查的速度极快，认真细致得出人意料。又闻了闻死者的嘴唇，之后又看了死者的靴底。

　　"没人动过这尸体吗？"他问道。"此前我们对他例行检查，之后一直没人动。""现在可以把他处理掉了，"他说，"没必要再检查了。"有四个人和一副担架事先已准备好，葛莱森一招手，四人便准备把尸体抬出去。但当尸体抬起时，突然掉下一只戒指。雷斯德弯腰拾起，迷惑不解地仔细观看着。

血字的研究

他说:"这是女人戴的婚戒,这和女人有什么关系吗?"他边说边示意大家过来观看,这只朴素的金戒指的确是新娘的婚戒。葛莱森说:"这样一来,案情更加复杂了。上帝啊,还能更复杂吗!"福尔摩斯说:"你怎么知道这只婚戒对案子的明朗化没有帮助呢?呆呆地看着是于事无补的。他的衣袋里还有什么东西?""一切都在这儿了。"一小堆东西放在楼梯的最后一级上,葛莱森说,"一只金表,是97163号,配有一条巴罗德公司制造的金链,又重又结实。一只刻有共济会会徽的金戒指。一只刻有虎头狗身的金别针,狗的眼睛是两颗红宝石。俄国生产的皮名片夹,里面有张名片,印着"科里夫兰,J. 垂伯"字样,衬衣上的 K. J. D 三个缩写字母与此人名的字首相同。有一些零钱,共七英镑十三先令。还有一本《十日谈》,是袖珍本,书的扉页上写着约瑟夫·斯坦杰森的名字。有两封信,一封就是写给该人的,另一封是给垂伯的。""寄往何处?""河滨路的美国交易所,都是留交收信人自取的。两封信均从凯恩轮船公司发出,信中告诉他们轮船从利物浦开出的日期和时刻。由此可知,这个可怜的人正准备回纽约。""你们调查过斯坦杰森吗?""是的,先生,我们已经调查过了。"葛莱森说,"拟好的广告已送到几家报社了,美国交易所也派人去了,现在还没回来。""和科里夫兰方面联系过没有?""早晨我们已经把电报发出去了。""怎么问的?""我们把这件事的详情介绍了一下,并且希望他们能够协助我们的工作,提供一些必要信息。""你没在电报中提到关键的情节吗?""我询问了斯坦杰森的个人情况。""没有问到别的?难道没有比这个人更关键的?你不能再拍个电报吗?"葛莱森生气地说:"我要说的都说了。"福尔摩斯无可奈何地笑了一笑,正要说什么,这时雷斯德走过来,洋洋自得地搓着手。我们谈话的时候,他在前屋。

"葛莱森先生,"他说,"我刚才发现了一个最最重要的情况。如果不去仔细检查墙壁,就会漏掉这个重要线索。"这个小个子说话时,两眼熠熠生辉,显然是在为他的棋高一着而沾沾自喜。"这边来,"他边

说边往前屋走。尸体抬走了,室内空气比刚才好了些。"别动,就站在那儿!"福尔摩斯取出一根火柴在靴子上划着,举起来照着墙壁。"你们仔细看看这个!"他得意地说。前面说过,墙上的花纸已经脱落了许多,就在这个墙角的裸露处,有一块粗糙的黄色粉墙。粉墙上,有一个潦草的血字:RACHE。"对此你有何高见?"雷斯德炫耀着,神情活像个马戏团的领班,"谁也没发现这个,是因为它在最暗处,没人注意到。这是凶手蘸着死者或他自己的血写的。瞧,这儿还有流淌的痕迹呢!由此可以得出结论:他杀是千真万确的事实。为什么要写在这儿呢?给你解释,看到壁炉上的蜡烛了吗,当时是亮着的,所以这个角落被照得很亮,而不像现在这么黑。"

葛莱森不屑一顾地说:"可是,这个血字有什么价值呢?""什么价值?这暗示出凶手要写一个女人的名字 Rachel,但可能被突发的情况阻断,所以没来得及写完。你记住我的话,等到案件水落石出后,你会发现一个名叫"瑞契尔"的女人与此案有关。你现在可以嘲笑我,福尔摩斯先生,你也许是精明强干的,但说到底,姜还是老的辣。"他说完后,福尔摩斯大笑起来,雷斯德十分恼怒。福尔摩斯说:"真对不起,是你先发现了这个血字,这是你的功劳。你说得不错,昨晚案发时,写此字的另有其人。我还未到过这个屋子,允许的话,我现在做些现场检查。"

他说着,迅速地从口袋里拿出一个卷尺和一个很大的圆形放大镜。他拿着这两件工具,不声不响地走来走去,有时停下来,有时跪下去,有时甚至趴在地上。他很投入,全然忽略了我们的存在。他一直在默念着什么,时而惊呼,时而叹息,时而打起口哨,时而又颇受鼓舞地轻叫起来。冷眼旁观他的实地工作,不禁想起了训练有素的纯种猎犬,在林中往来奔波,吠叫不止,一副不嗅出猎物的踪迹不罢休的架势。他这样的检查持续了二十分钟,精确地测量了一些痕迹之间的距离。对此,我什么也看不出来。偶尔他也不可思议地测量墙壁。后来他小心翼翼地从地板的某处捏起一小撮灰色尘土,放在一个信封里。然后,用放大镜查

血字的研究

看血字，异常仔细地观察了每个字母。最后，他对自己的工作似乎很满意，愉快地将放大镜和卷尺放回衣袋。

他嘴边带着一丝微笑，说："有人说'天才'就是不断地锻炼吃苦耐劳的生存能力。这种说法并不准确，倒很适用于侦破工作。"葛莱森和雷斯德一直用非常好奇的、几分蔑视的眼神去注视这位私家同行的一举一动，他们果然不明白，我却逐渐理解了福尔摩斯的每个动作，甚至最细微的动作的目的都相当实际确定。

他们两人齐声问道："先生，怎么样？"我的同伴说："假如我帮助你们的话，恐怕会使二位在这案件上立下的功劳大为逊色了。你们的工作进展顺利，任何人插手都是多余的。"话中充满嘲讽。稍顷，他又说："假使你能及时告知我侦查的进展情况，我也将倾全力协助。我可以和发现尸体的警察谈谈吗？请你们把联系方法告诉我。"

雷斯德翻了一下记事本，说："约翰·伦斯，他住在肯灵顿花园路，奥德利大院46号，现在是下班时间，他肯定在家。"福尔摩斯记下了人名和地址，然后说："走吧，医生，咱们这就找这人去。我告诉你们一个线索，或许对这个案件的侦破有帮助。"他对二位侦探说："这是一起典型的谋杀。凶手是个约六英尺高的中年男人。与他的身材相比，他的脚显得小了一点，穿的是方头靴子，粗皮制成。吸印度产雪茄，和被害人一起乘四轮马车来到这里。车由一匹马拉着，那匹马的四只蹄铁中有三只是旧的，只有右前蹄是新的。凶手赤红脸色，右手蓄长指甲。以上仅是几点迹象，或许对你们二位有些启发。"雷斯德和葛莱森都失色了，一种表示怀疑的微笑不经意地滑过嘴角。雷斯德问道："是谋杀？用什么谋杀手段呢？""毒死的。"福尔摩斯轻描淡写地说，然后大踏步地出去了，"还有，雷斯德，"走到门口时他又回过头来说，"在德文中，'拉契'是复仇的意思，所以别费心力去寻找什么'瑞契尔小姐'了。"几句颇有分量的临别告白之后，福尔摩斯转身就走了，剩下这两位对手瞠目结舌地呆立着。

福尔摩斯探案全集

警察伦斯的叙述

午后一点,我和福尔摩斯走出发案现场。我们去发了一封长长的电报,之后乘马车到了伦斯的住处。

福尔摩斯说:"什么都没有第一手材料来得重要。其实,对这个案子我已胜券在握了,可是还有必要查清一些情况。"我说:"福尔摩斯,我还是不明白,你对那二位讲的案情细节,也未必像你表现出来的那么稳操胜券吧。""我的话千真万确。"他回答说,"咱们一到那儿,我就发现了马路边上的两道车轮辙印。除了昨晚,前一个星期都没有雨,所以我知道这辙印一定是昨天夜间留下的。四个马蹄印中,只有一个是清晰的。这个清晰的一定是新换的蹄铁。据葛莱森说,早晨没有什么车辆来过,因此可推断那辆马车昨夜把两个人送到了出事地点。""嗯,很简单。"我说,"但那作案人的身高你是如何得知的呢?""噢,一个人的身高大约可以从他的步幅上判断出来。计算方法十分简单,但是现在我详细地教你也没用。我是根据外面的泥地上和室内的尘土上的脚印得知该人步幅的。接着我又有了一个验证我的判断结果的机会。平常人如果在墙上写字,字自然会出现在与视线水平的位置。而血字距地面恰好六英尺。嗯,就这么简单。"

"那么他的年龄呢?"我又问道。"好的,如果一个人能轻松地迈过四英尺半,他一定是位年轻人。此人一步就迈过了小花园甬道上的约四英尺半的水坑,而死者穿的是漆皮靴子,是绕行过去的,跨过去的脚印则是方头靴子。这些都十分明显。现在我只是将我的文章提到的观察和推理的方法应用于实际当中,没什么复杂的。你还有疑问吗?""你凭

血字的研究

什么判断那人留长指甲并吸印度产雪茄呢?"我又问。"那人用食指蘸血在墙上写字。在放大镜底下,我看出写字时刮下的墙粉,这说明该人指甲很长。在地板上我收集到了一些烟灰,颜色深又是片状,这是印度雪茄的特点。我对各种烟灰有专门的研究,并有论文发表。无论什么样的烟灰,我一眼就可辨别出来。这么说并不夸张。正是这些细节,使我与那些平庸的侦探区别开了。""那红脸是怎么回事呢?"我又问道。"啊,只有这一点算是我的大胆猜测了,可我坚信不疑。在目前案情不明确的情况下,我不能回答你这个问题。"我摸着额头说:"越来越不可思议,令人不知所措。假如真有这么两个人,那他们是怎样进的屋呢?车夫是怎样的情况?其中一人又怎么毒杀了另外一人呢?血是哪儿来的?不是图财害命,凶杀目的又何在?女人的婚戒又从何而来?最关键的是,凶手又为什么在墙上留字呢?坦白地说,我实在无法把这些问题联系起来进行分析。"我的同伴赞许地微笑着。

"你的概括能力很强,提问很精彩。案子的主要线索已经清晰,可还有很多疑点。但可以肯定,那个血字是个陷阱,其作用是指明此案是什么党派或团体干的,目的是把办案人引入歧途。那字肯定不是德国人写的。你用心看,就会发现字母 A 多少有些模仿的味道。但是德国人写字常常是拉丁字体。因此我们可以肯定地说,血字绝非出自德国人之手,而是一个蠢人的模仿,并且他有点多此一举了。这不过是想使侦查工作陷入迷途的一个雾障而已。医生,你不要再问我有关这个案子的事了,你知道戏法是不能说穿的,那样的话,魔术师拿什么去骗取掌声呢。如果我把自己全部亮出来,你会以为福尔摩斯不过如此!"我说:"不会的,侦探术会发展成一门高深的学问的,你已经做了大量的工作。"他听了我的话,觉得我并非恭维,显得异常高兴。我早就感觉到,如果谁称赞他破案水平高,他会像姑娘们接受别人对美貌的赞扬一样,变得格外敏感。他说:"我再澄清一件事。当时两个人乘同一辆马车到

来，表现得十分亲密，应该是挽着手从花园中穿过。进屋后，死者站立不动，而另外一人则不停地走动。我是根据地板上的痕迹看出这一切的。这人很激动，步子越迈越大。他不停地走不停地说，最后暴怒，这时惨案就发生了。这就是我所知道的全部情况，还有的就是猜测了。对了，咱们得抓紧时间，今天下午我还得去听聂鲁达的音乐呢。"

不知不觉，马车在穿过了不知多少昏暗而冷清的大街小巷之后，停在了肮脏冷清的巷口。"那就是奥德利大院。"车夫指着一条黑乎乎的小巷说，"我在这里等你们。"

我们经过窄窄的胡同，便到了要找的地方。院子用石板铺成，四周布满简陋的住房，脏兮兮的。一群衣着破烂的孩子在玩耍，横七竖八的绳上挂满洗褪了色的衣服。我们看到46号门上写着"伦斯"二字。一打听，这正是要找的人的住处，他正在午睡。于是我们在小客厅里等他出来。

警察很快就出来了。因为我们搅扰了他的好梦，他有些不悦。他说："我在局里已经报告过了。"福尔摩斯从兜里掏出一个半镑金币，若有所思地摆弄着。他说："我们想请你再详细地讲一遍。"警察两眼盯着小金币回答说："愿意效劳。""那么你把你所看到的一切介绍一下吧，随便说。"伦斯在马毛呢的沙发上坐下来，他皱起眉头，似乎努力不遗漏任何细节似的。他说："我还是从头说起吧。当天我值晚十点到第二天早晨六点的班。我接班一个小时后，有人报告说渥特哈特街有人斗殴，此外别无他事。夜里一点，天下起雨，巡行当中，遇到了在荷兰树林区巡逻的孟瑞·摩奇。我和他聊了一会儿。大约两点钟左右，我到了布瑞克斯顿路。这里十分偏僻，雨后泥泞不堪，一条街连个人影都没有。这时有辆马车从我身旁驶过。我漫不经心地走着，心里想着喝酒的事。忽然我看到那房子的窗子里有灯光闪烁。这两所房子一向无人居住，这我是知道的。一惊之下，便怀疑出了差错，于是我走到那房子门口……"

"当时你站在了门口,很快又回到小花园的门口,"福尔摩斯突然说,"可你为什么这样呢?"伦斯一惊,跳将起来,一脸疑惑,一双大眼直愣愣地看着福尔摩斯。"天哪,确实如此,先生,"他说,"可您怎么知道?天知道!你瞧,我走到门口,感觉很孤单,我想最好还是找个伴儿。我倒不怕人世间的东西,我忽然记起,也许就是那个死去的伤寒病人正在检查要了他的命的阴沟吧。一想到这儿,吓得我掉头便走,到门口看看是否瞧得见摩奇的提灯,可连他的人影也没瞧见,更没别的人。""街上连个人影也没有吗?""没有,先生,连条野狗都看不见。没办法,我重新给自己打了气,走了回去。屋里死一般寂静,我顺着光亮进了那间屋子。见到壁炉上放着正在燃烧的红色蜡烛,摇曳的烛光下,但见……""好了,以下的我都知道了。你在室内转了转,然后在死者身旁跪下来,又站起身去推了厨房的门,之后……"

听到这些,伦斯惊异地站了起来,疑惧万分地说:"当时你一定在场,是躲在暗处。你不该知道得这样清楚。"福尔摩斯掏出一张名片,微笑着递给了桌子对面的伦斯:"别把我当真凶,我是一个私家侦探,葛莱斯和雷斯德知道的。请讲下去。后来怎样了?"

那警察心怀疑虑地坐了下去。"我匆忙来到大门口,吹响警笛。摩奇和另外两人很快到来。""当时街上没人吗?""嗨,这么晚,正经人哪有出来的。""这话怎么讲?"伦斯笑着说:"醉鬼我见得多了,可从未见到像那家伙那样的。当时我见他靠着栏杆站在门口,不成调地唱着克鲁姆班唱的小调。他东倒西歪地站立不稳。""他什么样儿?"福尔摩斯打断他的话。伦斯有点儿不高兴,他说:"真是个从未见过的醉鬼,当时如果不是忙着,我一定把他送到局里去。""你注意他的相貌和衣着了吗?"福尔摩斯又打断他的话。"注意了,当时我和摩奇扶着他。这人是个高个子,红脸,下巴上长了一圈……""这足够了。"福尔摩斯大声说道,"后来呢?""我们当时太忙,没有精力管他。"伦斯说,

血字的研究

接着他又不高兴地说:"我敢打赌,他完全可以自己回家的。""他穿的什么衣服?""棕色外衣。""有没有拿着马鞭子?""没有。""一定是扔掉了,"我的伙伴嘟囔着说,"后来你有没有看见车或听见马车的声音?""没有。""这个半镑金币给你,"福尔摩斯站起身来,戴上帽子,"伦斯,我想你在警察大队里永远不会高升了。你的脑袋不该只是个摆设,总该有点儿用,昨晚的机会可以给你弄个警长的头衔。在你手里溜掉的那个醉鬼就是这件疑案的关键人物,我们正在全力找他,现在说这些已经无济于事了。我们走吧,医生。"

说着我们就出来找我们的马车,那个警察还在发呆,但是已经有些坐立不安了。在回去的路上,福尔摩斯气愤地说:"这头猪!这个绝好的机会就这样从他眼前溜掉了。""我真是完全陷入迷雾了。毫无疑问,伦斯所描述的那个人和你所猜测的人的情况不谋而合,但他为何去而复返呢?这不像凶手应有的举动吧。""还记得那个戒指吗?他是来寻戒指的。要是没有别的办法的话,就可以用这个戒指引他出来。他会上钩的,我会成功的,一定能抓住他,我敢和你下二比一的赌注,我一定能抓住他。我得谢谢你。没有你,我就不去了,那么我就错过了一个难得的研究机会了。不妨把它叫做'血字的研究'吧,有点文采又何妨呢?在索然无味的生活中,谋杀案就像一条红线,贯穿始终。咱们的任务就是挖掘它,把它从生活中清查出来,彻底曝光。咱们先去吃饭,然后再去听音乐会,诺尔曼·聂鲁达的指法和弓法妙不可言,她演奏的肖邦那首不知名的小曲子太美妙了:得拉-拉-拉-拉-里拉-里拉-来。"

私人侦探福尔摩斯像只云雀,不停地唱着。我则对此发出深深的感慨:人脑的潜力真是无穷的。

广告引来了怪客

忙了一上午,我感到疲劳不堪。福尔摩斯听音乐会去了,我想休息两小时,可躺在沙发里却睡不着。所发生的一切使我过于兴奋,许多古怪的想法和各种猜测塞满脑子。一闭眼,脑子里就出现死者像猴子似的扭曲的身体。死者的相貌如此丑陋,以至于我倒有些感激除掉他的人了。说不定相貌真能彰显一个人的罪恶呢,像这位来自科里夫兰城的垂伯先生。反过来又想,这样有失公平,不管被害人的罪恶有多大,凶手都应该受到法律的制裁。福尔摩斯认为那人是被毒死的,这种推测值得研究。当时福尔摩斯闻了死者的嘴,他一定是获得了有关信息,才得出如此结论的。尸体没有任何受外伤的痕迹,而从另一角度看,地上的血迹是哪儿来的?既难觅厮打的迹象,又找不到凶器。看来若找不到答案,我和福尔摩斯谁也别想睡安稳,他的表现,令我相信他对案件了然于胸,早有高见;但其高见具体是什么,我不得而知。福尔摩斯回来得非常晚。我相信,他的迟归决不只是因为听音乐会。他回来时,已到用晚餐的时候。

"今天的乐曲太棒了。"福尔摩斯说着就坐了下来,"你知道达尔文对音乐的见解吧,他认为,早在人类有语言能力之前,就有了创造和欣赏音乐的能力了。也许这就是咱们之所以不可逃避地受到音乐感染的缘故。在人类的原初记忆中,仍然残留着宇宙洪蒙状态的初始记忆。"

"这种提法未免不够深入。"我说。福尔摩斯回答说:"如果有人想注释大自然,他必须具备大自然一般广阔的思维空间。你今天好像与以往有很大不同,布瑞克斯顿路的案子把你搞得寝食难安了吧。"我说:"说

血字的研究

实话,你说得很对。经历了阿富汗战争,我本应变成个坚强的人。在战场上,我亲眼目睹了战友们惨烈的死亡,那时并没有恐惧感。"福尔摩斯说:"我理解你。这个案子太不平常,这样才引起你的联想,于是产生恐惧,这十分正常。对了,你读过今天的晚报吗?""没有。""晚报把这个案子写得很详细。但却遗漏了一点:抬尸体时,有一个女人的婚戒掉在地板上。如此,反而对我们更加有利。""为什么?""你看看这是什么?"福尔摩斯说,"案子发生后,我在几家报纸刊载了这则广告。"

我接过他递过来的报纸,看了他指的"失物招领栏"的广告:"今天早晨在布瑞克斯顿路、渥特第尔酒店和荷兰森林之间的地方拾到婚戒一枚,有丢失者请于今晚八至九时到贝克街221号乙华生医生处认领。""你别生气,"福尔摩斯说,"我用你的名字打广告。这也是没有办法,如果用我的名字,苏格兰场那些愚蠢的侦探会按图索骥,这样他们又要插手此事了。"

"没什么,"我回答说,"不过,如果真的有人前来领取,我可拿不出戒指呀。""哦,当然有,"福尔摩斯说着把一枚戒指交给我,"这一个肯定能应付过去。以假乱真,几乎同原物完全相同,一丝不差。"

"你认为什么人能来领这东西呢?""就是那个红脸、身穿棕色外衣、脚着方头靴子的男人。如果他不亲自前来,也一定会派一个人来的。""难道他不认为这样一来太冒险了吗?""肯定不会。如果我没有判断错的话——我认为没错,此人甘冒风险,也要重新拿回这枚戒指。我想,在他弯腰看垂伯尸体时掉下了那枚戒指,而且当时不知道。他匆忙离开后,突然发觉遗失了戒指,这才回去寻找。回去后发现没有熄掉蜡烛,并因此招来了警察。在这夜深人静时,他的出现必然会引起他人的怀疑,于是他不得不装出烂醉如泥的样子。你可以换位思考一下,把整个过程想一遍,他会主动认为,可能他在匆忙逃离时把戒指遗失在路

上了。然后呢?他很自然地想到了晚报的招领栏,希望在那里会有惊喜的发现。看到这个广告后,他一定会欣喜若狂,怎么会担心这是个圈套呢?在他看来,寻找戒指怎么就会与凶杀案联系在一起呢?这是毫无道理的。他会来的,我敢打赌,一小时之内你就能见到他了。""他来了我们又怎么办呢?"我问道。"我有办法对付他。你有什么武器吗?""有一支旧的左轮枪和一些子弹。""现在就检查一下,装弹上膛,这家伙生死不惧,尽管我有胜算,但还是有备无患的好。"

我回到卧室去做了准备。当我拿着手枪出来的时候,餐桌已经收拾干净,福尔摩斯正在信手抚弄着他心爱的提琴。福尔摩斯说:"案子更加清晰了,美国方面对我的电报做了答复,证明我的判断是正确的。"我急忙问道:"是那样吗?""这把提琴换上新弦效果更好了,"福尔摩斯说,"你把手枪放在口袋里,从容与他周旋,其他的交给我,不要惊慌,否则那家伙会警觉的。"我看了一下表说:"现在八点了。""他很快就来了,把门虚掩上。对,钥匙也要插在锁眼里,多谢。你看,这是昨天我在书摊上买的书,是用拉丁文写作的,书名是《论各民族法律》,一六四二年版,比利时出版的。那时候,查理国王的脑袋还长得好好的。""谁印刷的?""是菲利浦·德克罗伊,不知何许人也。扉页上写着'古列米·怀特藏书',年深日久,墨水已褪色,藏书者也无可考证了,我想,他可能是当时的一位实证派法学家,你瞧,他的字都有法学家的痕迹。噢,那人到了。"

这时,门铃突然响起来。福尔摩斯把他的坐椅往门口挪了一下。女仆走过门廊,打开门。"这是华生医生的住处吗?"语调粗俗但很清晰。接着是关门和脚踏楼梯的声音。脚步声沉重而缓慢。福尔摩斯的脸上出现一副惊奇的神色。脚步声漫过了过道,接着是轻微的叩门声。"请进。"我大声说。

来人不是想象中的那家伙,而是老态龙钟的老太太,她步履蹒跚,

血字的研究

两眼被灯光刺得睁不开,老眼昏花地施礼,然后站定,两手哆哆嗦嗦不停地在口袋里摸着。我看着福尔摩斯,他显得很失望。我只好装出无所谓的神情。

她掏出一张晚报,指着那个广告说:"这是你们刊登的吗?"她再次鞠躬,"你们拾到一个婚戒。那是我女儿的,她叫塞莉。她去年结婚,丈夫在一家英国轮船公司的船上当会计。要是他知道塞莉的戒指丢了,我简直不敢想象会发生什么事。他这个人平时就是个急性子,喝了酒就更暴躁了。很抱歉,事情是这样的,昨晚她去看马戏,是和……""是这枚戒指吗?"我问道。老太婆叫了起来:"谢天谢地!塞莉今晚可得救了。这正是她的戒指。"我拿起一支铅笔问道:"您在哪儿住?""红茨底池区,邓肯街13号。离这儿远着呢。"福尔摩斯突然说:"布瑞克斯顿路并不在红茨底池区和什么马戏团之间呀。"

老太婆转过脸去,用锐利的眼光瞥了一眼我的同伴,她说:"我说的是我的住址。塞莉在倍克汗区,梅菲尔德公寓3号。""贵姓是……?""我姓梭耶,我的女儿姓丹尼斯,她的丈夫叫汤姆·丹尼斯。他在船上是个英俊正直的小伙子,是公司里叫得响的业务能手,可是一上岸,吃喝嫖赌,什么都干……""给您的戒指,梭耶夫人,"福尔摩斯暗示我打断了她的唠叨,"失而复得,你女儿一定很高兴。能为您做事,我很高兴。"老太婆唠唠叨叨地道了谢,包好戒指,放进衣兜,然后脚步拖沓地走下楼去。她一出房门,福尔摩斯立刻跑进他的屋。短短几秒钟,他已穿戴整齐,急促地说:"我要跟踪她。她一定是凶犯的同谋,会帮助我找到凶犯。别睡,等着我。"送客后大门刚刚关好,福尔摩斯就下了楼。透过窗子看,那个老太婆正有气无力地走在马路上,我的伙伴尾随其后。我暗暗思忖:如果福尔摩斯的推理判断准确无误的话,他现在就要直捣黄龙了。他不告诉我等他,我也会一直等下去的,因为对于结果的强烈好奇使我的睡眠成为不可能。

　　福尔摩斯离开的时候已快九点，我弄不准他何时回来，只好边抽着烟斗，边百无聊赖地翻着昂利·穆尔杰的《波亥米传》。十点过后，女佣回房睡觉去的脚步声响了过去。十一点，房东太太的沉重脚步声响了过去，她也睡了。近十二点时，我才听到了钥匙开大门的声音，我知道福尔摩斯回来了。他一进屋，我便从他的眉宇中看出他并未成功。似乎高兴和懊恼两种情绪在矛盾地碰撞着。一时间，高兴占了上风，福尔摩斯忽然纵声大笑起来。

　　"今晚的事无论如何不能让苏格兰场那群笨蛋知道。"福尔摩斯说着坐在了椅子上，"我一直嘲笑他们，作为报复，他们一定不会放过我。可是就算他们知道了也无所谓，我迟早会挽回面子的。"我问道："究竟是怎么回事？""啊，我把失手的经过跟你谈谈吧，这倒也没什么。那家伙走出不远，就好像脚有毛病似的，走路一瘸一拐的。很快她叫住一辆马车。我急忙往前凑，想听听她去哪儿，其实我根本不用急，因为她说话的声音高到隔一条马路也能听到。我听到她说'到红茨底池区邓肯街13号'。当时我认为她说的是真话。等她上车后，我便上了马车的后部，你知道这一手是一个侦探必须具备的。就这样，我们一同前行，马车往前走，来到邓肯街13号。在车子接近13号时，我悄悄地下来，若无其事地在街上逛着。车停后，车夫下了车打开车门，等着乘车人下来，可却不见什么人下来。我到了车子跟前，车夫正在搜查黑暗的车厢，同时骂着脏话，那话简直不堪入耳，是我所听过的'最好听的'词了，乘客早已不知所踪。我想，他要想拿到车费恐怕要等到猴年马月了。我们一起到13号打听了一下，主人却是位正派的裱糊匠，名叫凯斯威克，从未听说有叫梭耶或丹尼斯的人在那儿住过。"

　　我失声说道："难道说那个体态羸弱、步履蹒跚的老太婆居然骗过你和车夫两个大活人，从奔行的车上逃之夭夭了吗？"

　　福尔摩斯厉声说道："什么老太婆，真该死！咱们两个真蠢，竟上

血字的研究

了他的当。他一定是个年轻的小伙子,而且精明干练。更值得一提的是,他还是个高超的演员,表演得惟妙惟肖,骗过了所有人。显而易见,他觉察出有人跟踪,因此略施小技,乘我不备,逃之夭夭。这说明,要捉住的那个人,并不是我们所料想的孤军奋战,他有许多朋友,甘心为他两肋插刀。喂,医生,你看起来很疲倦,去睡吧。"

我的确累了,于是我回屋躺下,留下福尔摩斯一个人坐在火星点点的火炉边。在这死寂的漫漫长夜里,到处回荡着他抑郁难解的提琴声,我知道他已深深沉浸在疑案的纷繁复杂的情节中了。

福尔摩斯探案全集

葛莱森大显神通

翌日,多家报纸对"布瑞克斯顿奇案"进行了大肆渲染。几乎每家报纸都发了长篇报道,有的还发了专题,有些消息连我也不曾听说过。至今我的剪贴簿里仍然有许多有关这个案子的剪报。现在把它摘录一些附在下面。

《每日电讯报》报道:"在犯罪的记录里,没有比这个更为离奇的案件了。被害人用了德国名字,而据此又看不出他有其他的动机,在墙上还发现了这个狠毒的字。说明这是一群亡命的政治犯和革命党所为。在美国,社会党的流派很多,显然死者违犯了它们的规矩,于是被追踪并惨遭毒手。"文章简略地提到曾经发生在德国的秘密法庭案、矿泉案、意大利烧炭党案、布兰威列侯爵夫人案、达尔文理论案、马尔萨斯原理案以及瑞特克利夫公路谋杀案等案件,文章最后向政府提出忠告,希望今后对于在英外侨,应加强监视等等。

《旗帜报》评论:"这种无视法纪的行为,通常是在自由党执政的前提下发生的。之所以产生这些暴行,是由于人心向背和政府权力的削弱造成的。死者是一位美国绅士,在伦敦城已盘桓很久。他曾在坎伯韦尔区的陶尔魁里,夏朋杰太太的公寓内小住。他是由私人秘书约瑟夫·斯坦杰森先生陪同的。二人于本月四日星期二辞别女房东后,去尤斯顿车站,拟搭乘快车去利物浦。还有人在站台上见过他们,之后就去向不明了。后来,在布瑞斯克顿路的一所空屋中发现了垂伯先生的尸体。他如何到达此处以及如何被害等情况,仍属不可理解的疑团。他的私人秘书斯坦杰森迄今下落不明。不过我们高兴地获悉,苏格兰场著名的侦探

血字的研究

雷斯德和葛莱森二人接手此案,该案将不日告破。"

《每日新闻报》报道:"无疑这是政治性犯罪。由于大陆各国政府的专制以及对自由主义的限制,许多人来到我们国家。如果对这些人的过去不予追究,他们很可能变为遵纪守法的公民。这些流亡人士共同遵守着一种法规。如有人敢以身试'法',必受严惩。眼下首要的任务是找到他的秘书斯坦杰森,只有这样才能得知死者生前的生活特点。现已找到死者生前在伦敦的寓所,因此案情也有所进展。这些成绩应归功于苏格兰场葛莱森侦探。"等等。

我和福尔摩斯一边吃早饭,一边读着这些报纸。福尔摩斯觉得这些文字十分有趣,"真的被我不幸言中了,不论如何,雷斯德和葛莱森总是最有成绩的。"

"那得看最后的结果。"

"这有什么。凶手一旦被缉拿归案,那当然是他们勤奋工作的结果;找不到凶手,他们又会说:我的确历尽千辛万苦,但……唉,算了,不管怎样,功劳总是他们的,而过失永远有别人顶着。并且总有些无耻文人为他们吹捧。还是那句法国的老话:'不管笨蛋有多笨,总有更笨的家伙为其喝彩。'"

说话间,门外一阵骚乱,房东太太开始大声抱怨,我大叫:"怎么回事?""是侦缉队贝克街行动组。"福尔摩斯一本正经地说。话音未落,六个街头流浪儿冲进屋来,我还没见过这么脏乱的孩子。

"站住!"随着福尔摩斯的一声断喝,六个小流氓木雕泥塑般地站成了一条线。"以后只有维金斯可以上来报告,其他人都在外面等候。有线索吗?""没有,先生。"一个孩子立正回答。"我早知道不会有,继续工作。给你们的工资,每人一先令。好了,去想办法吧,我一直在等你们的好消息。"

随着福尔摩斯的手势,孩子们一哄而散,很快楼下传来他们的吵闹

声。福尔摩斯说:"这群小东西能量巨大,如同空气,无孔不入,什么事都能打听到,隐蔽性又强。而官方侦探一露面,人们就会沉默了。把他们组织起来对破案有好处。"我问道:"是布瑞克斯顿路的这件案子促使你雇佣他们的吗?""没错,还有一件事没弄明白,但也只是时间问题。啊!我想,咱们马上就会听到一些新鲜事了!瞧,葛莱森正朝着咱们走过来。看他那得意洋洋的神色,我就知道他是冲咱们来的。你看,他站住了。就是他!"

一阵急促的门铃声过后,转眼间,留着漂亮发式的侦探便三步并作两步地冲上楼,来到我们的客厅。"亲爱的朋友,"他一把抓住福尔摩斯冷冷的手大声说道,"向我贺喜吧!我已经把这个案子调查得水落石出了。"

我仿佛看出,福尔摩斯富于表情的脸上掠过一丝焦急的神色。

他问道:"你的意思是你已经都搞清楚了吗?""对了!我的老兄,凶手都已经落网了!""是谁?""阿瑟·夏朋杰,皇家海军的中尉。"葛莱森一双胖手来回搓着,表情得意,抬起头傲慢地揭开谜底。福尔摩斯听完以后,轻松地出了一口气,脸上浮现出一丝不易察觉的微笑。"请坐,来支雪茄怎么样?"他说,"我们很感兴趣你是如何办到的。喝点什么?威士忌要加冰吗?""那也好,"这位侦探耸耸肩说,"这两天没少费神儿,我真是有些精疲力尽了。你知道,这虽不是体力劳动,但神经绷得太紧。其中甘苦你会深有体会,福尔摩斯先生,因为咱们都是干这一行的。"

福尔摩斯一本正经地说:"你过谦了。让我们听听,你是怎样获此佳绩的。"葛莱森带着无法抑制的兴奋坐在扶手椅上,不停地吸着雪茄,然后拍了一下大腿,兴奋地说:"你看雷斯德这个傻瓜,他犯了错误还以为是高明呢,他正在为查明那位斯坦杰森的下落大伤脑筋呢。那家伙与此案毫无关系,如同未出世的孩子一样与现世隔绝。我敢打赌,他现

血字的研究

在可能已将那家伙缉拿归案了。"他讲到得意处大笑起来,直笑得弯下了腰。

"那么,你是怎样获取线索的呢?""啊,听我慢慢道来。当然,华生医生,这是绝密,只有咱们之间可以谈谈。最重要的,也是最困难的是搞清楚那个美国人的事。对此,有的人靠登广告,有的人会找死者的亲友,以此获取信息。葛莱森可不那么蠢。你没忘记发案当天死者身边的帽子吧?""记得,"福尔摩斯说道,"是从坎伯维尔路229号的约翰·安德乌父子帽店买来的。"

葛莱森脸上显露出沮丧万分的神情。他说:"你也注意那顶帽子了?你去过帽店了吗?""没有。""哈!"葛莱森松了口气,"不管可能性有多么小,你也不应让任何机会溜走。""对于伟人,没有微不足道的事物。"福尔摩斯像引用什么格言录上的话。"说得好,我找到了店主安德乌,问他是不是卖过一顶同样的帽子。他仔细查了售货清单,并很快查明这帽子送到了一个叫垂伯的人的住处,此人住在陶尔魁里,夏朋杰公寓。于是我按图索骥,找到了那里。"

"漂亮,干得相当漂亮!"福尔摩斯低声称赞着。"我紧接着就去拜访了夏朋杰太太,"这位侦探接着说,"我注意到她的脸色苍白异常,神情紧张。她的女儿也在房里——一位美丽迷人的姑娘。在我们谈话期间,她的眼睛红红的,嘴唇不停地抖动着,这些细节自然难逃我的眼睛,也增加了我的疑心。我的先生,你很清楚侦探在发现有价值的线索时的兴奋劲儿,让人周身舒畅得发颤。我于是问:'你们听说过前房客垂伯先生遇害的消息了吗?'这位太太点了点头,似乎说不出话来了。她女儿却禁不住流下眼泪来。我越发感到她们对于这个案子必有隐瞒。

"我问道:'垂伯先生几点钟从你们这里前往车站的?'

"'是八点,'她掩饰着激动,咽着唾沫说,'据他的秘书斯坦杰森说,当天去利物浦的火车有两班,时间分别是九点十五和十一点。他乘

的是头班车。'

"'这是你们最后一次见面吗?'这个问题一提出,那个女人顿时面如死灰。好长时间,她才回答说:'是最后一次。'可是声音沙哑,极不自然。一阵沉默过后,年轻的姑娘说话了,她显得平稳镇静,口齿清晰。她说:'说谎是毫无益处的,妈妈,咱们还是实话实说吧。后来我们的确又见到过垂伯先生。''啊,上帝啊,宽恕她吧!'夏朋杰太太摊开两臂,靠在椅背上,'你哥哥被你害了!''阿瑟也不喜欢我们说谎。'姑娘说话态度坚决。于是我说:'现在你们应该将全部情况都说出来,这样遮遮掩掩完全没有必要。而我们对此案了解多少你们知道吗?'

"'都怪你,艾莉丝!'夏朋杰太太生气地说,接着又对我说,'都对你说了也没什么。先生,我这样你不要以为我儿子与这个命案有什么干系。他与此案扯不到一起。我只不过怕你们怀疑他,给他带来不便。但是,这决不可能是他干的,他的一贯表现和他的职业能证明一切。'我说:'我需要全部细节,相信我,如果你的儿子果真清白无辜,他决不会受到半点伤害的。'

"她说:'艾莉丝,你最好回避一下,让我们单独谈吧。'于是她的女儿就走开了。她接着说:'唉,先生,我不想跟你说什么,既然我女儿已说了,现在已经毫无办法,我也只好说出来了。我既然决定说,那就毫无保留。'我说:'这才是明智之举。''垂伯先生在这里住了有三周,此前,他和他的秘书在欧洲旅行。我曾见他的箱子贴着哥本哈根的标签,那是他们来这里之前的最后一站。他的秘书斯坦杰森倒是一个不善言谈、素有教养的人;可是他的主人——真糟糕,完全两样。这个人简直无耻下流。入住的当天晚上,垂伯便喝得烂醉如泥,第二天中午才清醒。最可气的是他对女仆的轻佻、下流的态度,令人作呕。最无耻的是,他竟然像对待女仆一样对待我女儿,不止一次地对她胡言乱语。所幸我女儿不懂这些。有一次,他居然紧紧地搂抱我女儿。对他这种恬不

血字的研究

知耻的行为,斯坦杰森先生也气愤不已,骂他简直是禽兽。'

"'你为什么不撵走他呢?'我说,'他住的可是你的房子呀。'

"这女人被我突然的发问弄得不好意思。她说:'他来的当天我拒绝他好了。可他出的房租太诱人了,每人每天一镑,一星期十四镑;而且当时又是租房淡季。我没有别的收入来源,儿子在军队服役,开销很大。于是为这笔租金便忍受了下来。前些天他闹得简直无法让人容忍,我这才撵走他。'

"'后来呢?'

"'后来我看到他坐车走了,悬着的心才放下来。我的儿子现在正在休假。可是,此事我一直瞒着他,因为他脾气暴躁,又非常疼爱他的妹妹。房客们搬走后,我关上了门,才算去了一块心病。天哪,还不到一个小时,又响起了敲门声,是垂伯去而复返。他的样子亢奋,显然又喝多了。他闯进门来,当时我正和女儿坐在屋里,他就前言不搭后语地说他错过了火车。后来,他就无视我的存在和艾莉丝说起话来,建议她与他私奔。他对我女儿说:'你已经是成人了,任何法律都无法限制你。我有许多钱,别管这个老婆子了,赶快跟我走吧,你可以幸福得像个公主。'可怜的艾莉丝吓得缩在一旁。可是他却抓住她,向门口拉去,我吓得惊叫起来。正在这时,我儿子阿瑟回来了,以后的事,我就不太清楚了。只听打骂声混成一片,吓得我不敢抬头瞧。后来抬头一看,只见阿瑟手里拿着一根木棍站在门口大笑着。他说:'我看这个恶棍再也不敢来惹事了。我跟他去看看,看看他究竟做些什么勾当。'说完,他就拿着帽子跑了出去。次日清晨,我们就得知垂伯先生遭人杀害的消息。'

"这就是我得到的直接证词。她讲述时常因呼吸不畅被打断,有时她的话音很低,我甚至听不清楚。但她说的话我是用速记的方法记的,出入不大。"

福尔摩斯伸了个懒腰,说道:"这故事很动听,那么后来呢?"葛

莱森接着说:"在这女人说话的间歇,我认为案子的关键点是她儿子回家的时间,于是我用一种令女人无法抗拒的眼神紧盯着她,不断追问。

"'我不知道。'她回答说。

"'不知道?'

"'真的不知道。他有钥匙,自己会进来的。'

"'他是在你入睡后回来的吗?'

"'是的。'

"'你几点睡的?'

"'大概十一点。'

"'这样说来,你儿子出去最少有两个小时。'

"'是的。'

"'有可能出去四五个小时吗?'

"'也有可能。'

"'在这段时间他都干了些什么?'

"'我不知道。'她回答时嘴唇吓得发白。

"当然,到这个地步,就什么也不用问了。我带着两个警官,逮捕了夏朋杰中尉。当我拍拍他的肩头,要他乖乖地跟我们走时,他竟有恃无恐地说:'你们认为我与那个恶棍垂伯被杀有关吧。'我没向他询问此事,他倒直入主题了,这就更蹊跷了。"

"十分蹊跷。"福尔摩斯说。"当时他拿着一根大棍子,那是一根很结实的橡木棍子,是追垂伯时拿的那根。""那么你有何高见?""我认为,他一直将垂伯追到布瑞克斯顿路。二人发生争吵,发展为打斗,或许一棍打在胸口,致使垂伯一命呜呼,但却没有外伤。当时天下着雨,所以路上没人,夏朋杰便把死尸送到了那间房子里。其他的什么蜡烛、血迹和墙上的字以及戒指等等,不过是凶犯制造的假象,借以造成混乱。"

血字的研究

福尔摩斯用赞叹的口吻说:"干得好!葛莱森,你实在大有长进,看来出人头地是迟早的事。"这位侦探自豪地答道:"我自认为,这案子办得很利索。可夏朋杰却矢口否认他是凶犯,他说当时他并没追上垂伯,垂伯是乘一辆马车逃掉的。在返回的路上,他遇上了从前的同事,所以误了回去的时间。可我认为这案子的发生与夏朋杰的行止很吻合。而可怜的雷斯德误入歧途,自己却不知道。嗨!说曹操,曹操到。"

来人果然是雷斯德。我们谈话的时候,他已经上了楼,跟着就走进屋来。若在平时,无论在服饰还是行动上,都能看出他的得意非凡和信心十足的气派,现在这些都消失殆尽了。只见他衣衫不整,神情沮丧。他到这儿来,显然有事相求,所以一看到他的同事便有些张皇失措起来。他笨拙地站在屋子中央,两手不停地摆弄帽子。最后,他说:"这真是个令人头疼的案子,稀奇古怪,不可思议。"

葛莱森更加得意,说:"啊,雷斯德先生,我知道你会这样想。你找到垂伯的秘书了吗?"雷斯德万分沉重地说:"那个倒霉的家伙今晨六点被人杀死在旅馆里了。"

福尔摩斯探案全集

一线光明

这个消息犹如一枚炸弹，炸得我们目瞪口呆。葛莱森猛地站了起来，剩在杯中的威士忌酒泼了出来。我默默地注视着福尔摩斯，只见他双唇紧闭，双眉皱得不能再皱。

福尔摩斯喃喃地说："这家伙一被害，事情就更没有头绪了。""已经够复杂了，"雷斯德一边抱怨着，一边坐了下来，"我简直像是在云里雾里，完全迷惑了。"

葛莱森结结巴巴地问道："你、你这消息可靠吗？"雷斯德说："我刚从现场回来，而且我还是第一个到案发现场的人呢。"福尔摩斯说："刚才葛莱森正在发表对这案子的高见呢。你是否也谈谈你的所见所闻所感？""当然可以，"雷斯德回答说，"我不得不承认，我本以为垂伯的被害是和斯坦杰森有关的。可案情的发展使我意识到我错了，这个想法促使我力图查清这位秘书的下落。有人曾说，三日晚八点半左右在尤斯顿车站见到他们两人在一起。四日凌晨两点，就在布瑞克斯顿路发现了垂伯的尸体。我当时急切地想弄清楚从他们分手到案发这期间，斯坦杰森究竟都干了些什么及后来的去向。然后我发往利物浦一份电报，描述了斯坦杰森的相貌，请求他们监视美国的船只；同时，我搜查了尤斯顿车站附近的所有旅馆和公寓。你们想想看，当时我的猜测是，如果垂伯和他分手，按照常理，他当天晚上必然会在车站附近的旅馆下榻，次日才会去车站。"

福尔摩斯说："他们很可能事先约好了会面的事。""确实如此。昨晚我到处打听他的下落，结果徒劳无功。今早我又继续打探，时值八

点，我来到了小乔治街的郝黎代旅馆，一问店员，他就住在那里。他们说：'你一定就是他等的人了，他已经等了两天了。''他现在在哪儿？'我问道。'在楼上睡觉呢。他叮嘱说九点叫醒他。''我马上要找他。'我说。我当时暗想，我的突访有出其不意攻其不备的效果，会使他露出些马脚来。一个擦鞋的茶房主动给我领路。房间在三楼，有条短走廊可以直通。茶房指给我房门后，正要下楼，我抬眼所见的景象使我几乎不能自持，恶心得令人呕吐。只见一条弯弯曲曲的血迹从房门下流出来，经过过道，延伸至对面墙脚。我一声惊叫，使得茶房急转而回。他见此情景，几乎昏厥。房门是反锁的，我们撞开门，发现窗户大敞四开，旁边躺着一具男尸，身穿睡衣，缩成一团，他断气已久，四肢僵直了。我们把尸体翻转过来，茶房立刻认出，此人正是斯坦杰森。他左胸侧受刀伤，很深，伤及心脏致死。还有一个最奇怪的情况，猜猜看，死者脸上有什么？"

听到这里，我不寒而栗。福尔摩斯却顺口答道："是个血字，'拉契'。""对极了。"雷斯德的话音中隐藏着恐惧，接着是死一般的寂静。这个凶手的暗杀行动似乎是按计划进行的，同时又难以捉摸，因此更增加了浓重的恐怖气氛。我的神经，虽然已经在死伤遍野的战场上磨砺得很坚强，但是一想到这种场面，却难免心惊胆寒。

雷斯德接着说："有人见过凶手。一个送牛奶的孩子路过旅馆后面通往马车房的小胡同，他发现平日放在地上的一个梯子竖在三楼的一个窗子上，窗户大开着。孩子走过去，回头看了看，正看到梯子上下来一个人，从从容容，不慌不忙地，他还以为是旅馆里的木工做活计呢，所以没太留心，只是奇怪他上工的时候太早罢了。他模糊记得此人高个儿，红脸，穿一件棕色长外衣。杀完人他没马上逃走，因为脸盆中有血水，表明他从容地洗了手，床单上还有擦拭刀子的血迹。"听到凶手的外貌和福尔摩斯的描述十分契合，我就瞧了他一眼，可他脸上毫无得意之色。

血字的研究

福尔摩斯问道:"你还发现其他重要的线索了吗?""没有。斯坦杰森随时带在身边的垂伯的钱袋内的八十多镑现款分文不少。作为秘书,他掌管日常开支,所以他带钱袋十分正常。由此可见,凶杀动机一定不是谋财害命。死者身上除了一封电报外什么也没有。电报是从科里夫兰城发出的,全文只有'J. H. 现在欧洲'这几个字,也没有署名。"

福尔摩斯问道:"再没别的了?""没什么有价值的东西了。床上还有一本小说,是死者睡前阅读的。烟斗放在床边的一把椅子上。桌上有一杯水。窗台上有个木匣,里边有两粒药丸。"福尔摩斯猛地起身,高兴地喊了起来。他神采飞扬地大声说道:"这是最后的环节了,我的推断已经形成一个完满的体系了。"

两位侦探用惊奇的眼光看着他。我的朋友信心十足地说:"整个案子的大致情节已尽在我心中了,当然,细节仍需补充。但是,从他们两人在车站分手,到斯坦杰森的尸体被发现为止,其间的案情我如亲见一般一清二楚。我现在向你们证实一下。那两粒药丸呢?""在这儿呢,"雷斯德说着,拿出一只小小的白匣子,"药丸、钱袋、电报都在这儿,我本想把它们放在警察分局,这样比较稳妥。带药丸来,纯属偶然,我根本没觉得这是一个有价值的证据。""请给我吧,"福尔摩斯说,"喂,医生,"他又转向我,"这是普通的药丸吗?"

这两个药丸很奇特。珍珠灰,小而圆,冲着光看近乎透明。我说:"从轻而透明这两个特征来看,我想药丸能溶于水。""千真万确?"福尔摩斯问道,"你下楼把那条可怜的狗抱上来吧,它一直病着,房东太太昨天不是还请你让它安乐死吗?"

我下楼把狗抱了上来。它已是条老狗,行将就木,雪白的嘴唇足以说明它的高龄。现在它呼吸急促,两眼发直,距死不远了。我拿来一块垫子,把它放在上面。

"我现在把其中一粒切成两半,"福尔摩斯说着,用小刀把药丸切

开,"半粒留着将来用,这半粒放在酒杯里,杯里有一匙水。大家看,大夫的话是对的,它很快就溶解了。""这倒有趣,"雷斯德怨气十足地说,他以为福尔摩斯在捉弄他,"但是,这好像与死者没什么关系。"

"等一等,我的朋友,等一等!很快你就明白它是大有文章的。现在加上些牛奶它就好吃了,狗会立刻把它舔光。"他边说边把液体倒在盘子里,然后端到狗面前,很快盘子被舔得干干净净。福尔摩斯的自信感染了我们,也引起了我们的好奇心,我们都屏息静气地观察着那只狗,期待着惊人的发现。但是,一切正常,狗一如先前地躺着,仍旧呼吸不畅,显然药丸对它毫无作用。

福尔摩斯早已进入计时状态,时间一分一分流逝,可是毫无结果。他显得极端懊恼,咬着嘴唇,敲着桌子,一副十分焦急的样子。他很激动,我也不由得为他难过。渐渐地,两位侦探的脸上出现了越来越明显的嘲笑,他们在为福尔摩斯受挫而幸灾乐祸。

"这决不是巧合,"福尔摩斯终于说出话来,然后起身,烦躁地走来走去,"这决不可能是巧合。在垂伯死亡案中我就怀疑有某种药丸存在,现在药丸在这次凶杀案中真的被发现了。但是它们为什么没有引起反应。究竟是怎么回事?我敢打赌,我的推论不可能有漏洞,决不可能!但这可怜的东西却一切正常。啊,我知道怎么回事了!"他尖叫着跑向药盒,拿出一粒药丸,如法炮制,把混合液放在狗的面前,可怜的东西只舔了一点点,四条腿便剧烈地痉挛起来,然后猛一抽搐,死了。

福尔摩斯长吁了一口气,擦了擦额上的汗珠:"我还不够自信,刚才我就应当意识到,如果有一个环节与一系列的推理相抵触,那么,这个环节必定另有缘由。那个小匣里的两粒药丸,一粒是剧毒,一粒则完全无毒。其实在没看到药盒前,我本应该推知的。"

在我看来,福尔摩斯的这段惊人之语,让人怀疑他的清醒程度。但事实又雄辩地摆在眼前,他是正确的,我似乎感觉谜团渐开,案情也渐

血字的研究

渐明朗起来。福尔摩斯继续说道:"你们可能觉得这一切都不可思议,因为在侦查初期,你们就没有意识到那个唯一重要的线索。我有幸把握住了它,此后接连发生的每一件事无不印证了我的推断是正确的,并且是它导致的必然结果。因此,那些对你们来说超凡离奇的事物,对我却大有启发,并且能坚定我的推断。把奇怪和神秘混为一谈是错误的,最最平常的犯罪往往却是最神秘莫测的,因为它没有奇特之处作为推理判断的依据。如果此案的死者是在马路上发现的,也没有一些特别耸人听闻的情节,那么,它的侦破工作就相当棘手。由此看来,奇特的情节非但不是障碍,反而使案件线索更清晰了。"

福尔摩斯发表见解的时候,葛莱森就显得不耐烦,听到这里,他已无法忍耐,于是他说:"福尔摩斯先生,我们都承认你的精明强干,并且你有独特的办案风格。可是,我们现在所需要的不是纸上谈兵的说教,而是需要把凶手缉拿归案。我已经谈了我个人的看法,看来是南辕北辙了,夏朋杰这个小伙子是不可能与第二个谋杀案有所牵连了。雷斯德一门心思地追踪斯坦杰森也是背道而驰。而你呢,只言片语地东一句,西一句,好像明白一切。但是既然你心知肚明,就打开天窗说亮话,我们认为有权力让你坦白案情。你知道凶手的姓名吗?"雷斯德也说道:"我不得不支持葛莱森的主张,先生。我们两人的尝试均以失败而告终。从我来后,你不止一次地说,你已经获得破获此案的一切证据。既然如此,现在你就不应该故弄玄虚,引而不发了。"我说:"如果这样拖延下去,凶手还不知会再制造多少惨案呢。"大家这样一逼问,福尔摩斯反而显出游移不定的样子。他不停地走来走去,紧低着头,皱着眉,他思索时总是这副神色。

"不会再发生惨案了,"最后,他突然停住脚步,对我们说,"这一点,你们可以百分之百地放心。至于凶手的姓名,我知道,但这微不足道。知道又怎么样呢,关键是能否把他抓到,我想我很快就能抓到他

了。对这一筹划，我很愿意亲自出马。但计划和行动要周密、细致，因为他太凶险狡诈了。并且事实证明，还有同他一样精明干练的人作为帮凶。尤其是，一旦打草惊蛇，他就会更名改姓，淹没在这个城市浩浩四百万居民之中了。我发誓，我对你们两位决无恶意，但是需要说明的是，我之所以没有请求你们协助，完全是因为你们决不是他们的对手。一旦我失败了，这完全是咎由自取。可是，我准备并且愿意承担这个责任，你们可以追究我的责任。现在，我保证，只要无损于我的全局策划，到时我一定倾情相告。"

福尔摩斯的隐瞒及保证和对官方侦探的轻视，引起了两位侦探的不满情绪。葛莱森听了之后，面红耳赤无地自容；雷斯德瞪着一对圆眼，一副恼羞成怒的神色。突然响起的敲门声打断了他们的争论。进来的是流浪儿的头儿维金斯。维金斯滑稽地举手敬礼，说："先生，您请，马车已经喊到了，正在下边等候。"

"好样的，"福尔摩斯温和地说，"你们苏格兰场应该用这种先进的手铐。"说着，从抽屉里取出一副锃亮的钢质手铐，"看这锁簧多灵，一碰就卡上。"雷斯德说："我们现在用的老式的也会找到戴它的人。""很好，很好。"福尔摩斯笑着说，"马车夫应该来帮我搬箱子。叫他上来，维金斯。"

我不觉对此话大为诧异，照他的逻辑，似乎要出门旅行，可我对此一无所知。他拉出一只小小的旅行用的皮箱，忙着收拾东西。这时，车夫走进来。"车夫，帮我把皮带扣扣好。"福尔摩斯屈膝在那里弄着皮箱，自顾不暇。这个家伙紧绷着脸，极不情愿地走向前去，伸出两手正要帮忙。根本没看清福尔摩斯如何动作，手铐一响，福尔摩斯便跳开原地。"先生们，"他目光如炬地说道，"现在我来介绍一下，这位杰菲逊·侯伯先生便是你们要找的杀人凶手。"

这发生在一瞬间的事，让我简直猝不及防。而那一刻，福尔摩斯脸

血字的研究

上大获全胜的表情及马车夫目睹光闪闪的手铐魔术般地套住他手腕时的惶恐、凶蛮的表情,至今还在我的记忆里鲜活如初。当时,我们木然地呆立了足有一两秒钟。突然,那车夫狂吼一声,摆脱福尔摩斯向窗口冲去,窗框和玻璃被击得粉碎。就在车夫的身子探出一半的时候,三位侦探猎狗般迅疾地冲了上去,把他拖了回来。激烈的打斗开始了,那人疯子般地连连进攻,我们四人真有点招架不住。虽然他的脸和手都在流血,但他的反抗却凶猛异常。最后,雷斯德狠狠地卡住了他的脖子,他意识到反抗已无济于事,终于停下来。我们迅速把他捆绑结实,这时才站起身来,但我们都已经气喘吁吁了。

"他自己带马车来的,省得我们另要车了,"福尔摩斯说,"就用他自己的车送他去苏格兰场吧。他可真是个懂事理的人!"他笑了笑,"这件轰动一时的案子,总算拨云见日、柳暗花明了。现在,我欢迎各位的任何问题,我一定会倾情奉告。"

福尔摩斯探案全集

荒漠中的旅客

北美大陆的中部,是一片人迹罕至的沙漠;多少年来,它一直羁绊着人类文明的发展。从内华达山脉到尼布拉斯卡,从北部的黄石河到南部的科罗拉多,到处弥漫着死寂荒凉的气息。在这凄清可怖的地区里,自然的景象也不尽相同。有白雪皑皑的绵绵群山,有阴森晦暗的深谷,也有奔流在怪石嶙峋的峡谷间的河流,更有一望无际的荒原和冬日冰天雪地、夏日一片灰暗的盐碱地。即便如此,其特色却仍是一片了无生命的死寂。

在这片苍凉的土地上,人迹罕至。只有波尼人和黑足人偶尔结队走过,前往其他地方去获取维系生命的猎物。即便是异常勇敢坚强的人,也渴望早日结束这段充满恐怖气氛的行程,重新回到生机勃勃的草原。只有野狗在灌木丛中隐约穿行,巨雕在空中缓缓游荡,还有行动迟缓的灰熊在山谷中搜寻食物。它们是这片土地上难得的居住者。

美洲大陆的布兰卡山脉北麓是世界上最为荒凉的地方。荒原上目力所及的地方只是一片又一片被矮小灌木隔断的盐碱地。远处巍峨的群山,白雪皑皑,银光闪闪。在这片毫无生气的土地上,灰色的天空中飞鸟绝迹,从天上到地下,到处是一派绝望彻底的死寂。

人们说,生命与这片广袤的原野没有关系,其实这种说法有失偏颇。站在布兰卡山上举目下望,一条曲折的小路在沙漠中蜿蜒穿行,消失在地平线的尽头。这条充满生命气息的小路是无数车轮和无数双探险家的脚制造出来的。地上偶尔点缀的是白森森的亮光,在单调的盐碱地上异常刺眼。近前一看,却是一堆堆白骨:粗大的牛骨和细小的人骨。可见,在这绵延不绝的一千五百英里的商路上,人们是踏着先行者的尸

血字的研究

骨走向未来的。

一八四七年五月四日,有一个人如同天外来客般孤零零地在山上居高临下地审视着这令人颤栗的景象。他看起来仿佛刚从地狱中逃出,似鬼非鬼般地恐怖吓人。即使具有非凡洞察力的人,也难以说清他的年龄。他面容黄瘦,一把突出的骨头外面是一层干羊皮似的棕色皮。棕色长发斑白不堪,双眼深陷,目光呆滞。握着来福枪的手只剩下一层褶皱的皮了。他用枪支撑着身体,才勉强站起,但从他的骨骼外形可以看出他先前的魁梧健壮来。可现在,他的羸弱身体在袋子似的衣服下更显得摇摇欲坠,行将就木。他又饥又渴,这更使他濒临绝境了。

这个人经过了长途跋涉,忍受着巨大的痛苦,沿着山谷,一步步挣扎着来到这个高地,怀着一线希望,寻找着水源。可现在出现在眼前的却是这一望无际的盐碱地和横亘在天际的连绵群山,一棵树也没有,简直寸草不生,因为有树生长的地方就可能有水的气息。可这片土地上,除了绝望的死寂外一无所有。他瞪着惶惑迷茫的双眼向周围张望了一番,继而突然明白了,他的羁旅生涯即将完结,他就要葬身于这片"墓地"。"死在这儿,与二十年后死在鹅绒锦被的床上又有何不同呢?"他自言自语地说着,就在一块突出的岩石下坐了下来。

他先是把那支来福枪重重地放在地上——现在看来它是多余的,然后又把一个大包袱放下,那是用一块灰色披肩做成的。他已劳顿不堪。包袱放得太重以致从中发出了哭声,接着是一双惊恐的眼睛,还有一对胖胖的小拳头。

"你弄疼我了!"这个孩子嫩声嫩气地埋怨说。"是吗?"男人万分歉意地说,"我不是有意的。"说着他就打开了包袱,抱出了一个美丽的小女孩——约五岁的样子,穿着一双精致的小鞋,漂亮的粉红色上衣,麻布围嘴。从这些装束上可以发现她妈妈对她极为精心的呵护。孩子的脸有些苍白,但身体健壮,可见她没有遭受她同伴那么多的苦难。"好些了吗?"男人看到孩子用手抚着脑后蓬乱的金发,于是焦急地问

了一句。"你吻吻这儿就好了，"她认真地说，把碰疼的地方指给他看，"妈妈总是这样做的。妈妈呢？""妈妈走了。你很快就会见到她的。"

小女孩说："什么，走了吗？真奇怪，没跟我说声'再见'就走了？从前她去奶奶家吃茶时总是说再见的。这次怎么了，走了三天还不回来。唉，我都要渴死了，是不是？这里没有什么可以吃的吗？""没有，什么也没有，宝贝儿。你忍一会儿吧，很快就会好了。把头靠在我身上，啊，就这样，好些了吗？我的嘴唇也像地皮一样干了，说话都困难，我一点儿都不骗你。你拿的是什么？""多好看啊！"小女孩拿起两块云母石片对他摇着说，"太好了，我要把它带给小弟弟。"他坚定地说："还有比这更漂亮的东西呢，你很快就能看到。你还记得咱们经过的那条河吗？""当然记得。""对，咱们当时想，很快就会碰到另一条河。可是真见鬼，不知是罗盘，是地图，还是其他的什么东西出了毛病，无论如何也找不到河了。水快喝光了，还有一点点，留给你这样的孩子们喝。后来……后来……"

"你都不洗脸了。"小姑娘说得很认真，并抬头望着他那脏兮兮的脸。"不要说洗脸，连喝的也没了。后来本德先生先走了，随后是印第安人彼得，接着就是麦克格瑞克太太、姜尼·宏斯，再后来，亲爱的，就是你妈妈了。""这么说，妈妈也死了。"小女孩说着，把脸埋在围嘴里痛哭起来。"对了，他们都走了，就剩咱们了。于是我到这里来找水。我就把你一步一步地背到这儿了，看来在哪儿都一样，咱们还是快死了。"

孩子止住了哭，仰起满是泪水的脸问道："你是说咱们也要死了吗？""我想离死不远了。"小女孩开心地笑着说："你为什么不早点说呢？你把我吓坏了。你看，咱们要是也死了，就又能和妈妈在一起了。""是的，一定能，小宝贝儿。""你也会见到她的。我要告诉妈妈，你对我很好。我敢说，她一定会在天堂门口等着接咱们，拿着一大壶水，还有好多烤得黄黄的热乎乎的荞麦饼，就像我和鲍勃喜欢吃的那种。可是，咱们什么时候才死呢？""我不知道——很长时间。"这时，大人一

血字的研究

边说着,一边眺望着极远的北方。原来,幽蓝的苍穹下,隐约有三个黑点,黑点渐渐变大,来势凶猛。顷刻间,三只褐色大鸟飞来了,它们在这两个落魄人的上空盘旋着,然后落在一块山岩上。这三只巨雕,就是通常所说的秃鹰,美国西部流行说,它们是死神的使者。"公鸡和母鸡,"小女孩欢快地拍着手叫着,想把三只巨鸟惊飞,"这一切都是上帝创造的吗?"

"当然。"她的同伴回答说。她这突如其来的提问,倒使他吃了一惊。小女孩接着说:"伊里诺州和密苏里州都是他造的。我想这地方一定是别人造的。可是造得真不好,因为水和树都没造出来,大概忘了吧。"大人不安地问道:"咱们做做祈祷吧?"小女孩回答说:"天还没黑呢。""没关系,本来就没有具体时候。你放心吧,上帝会喜欢的。你现在就开始吧,按照咱们每天晚上在荒野上做的那样。"小女孩瞪大眼睛不解地问道:"那你怎么不祈祷呢?"他答道:"我把祈祷文忘了。我长到那枪一半高的时候,就不做祷告了。可是从现在开始也不算晚。你把祈祷文念出来,我跟着你一起念。"

她一边把包袱打开铺在地上一边说道:"那么咱们都要跪下。你还必须像我一样,把手这样举着,这样你就有感觉了。"除了那三只秃鹰外,没有谁能看到这个奇异的画面:在狭小的披肩上,并排跪着两个漂泊者,天真稚气的小女孩和粗鲁、坚强的冒险家。胖乎乎的小圆脸和憔悴瘦削的黑脸,一同仰向苍穹,虔诚地向着与他们同在的遥遥相对的可敬可畏的神灵祈祷;而且,这是两种全然不同的声音,一个清脆娇细,一个低沉沙哑,一同乞求上帝的宽恕。祈祷完毕,他们又坐回原处,孩子倚着她保护人宽阔的胸脯,悠然入梦。他眼看着她睡了,自己也抵不住睡意的侵袭,毕竟,他已经三天三夜没合眼了。他太累了,不知不觉便合上了双眼,头慢慢地垂下来,将花白的胡须和孩子的金发合在一起,沉沉睡去。

半个小时过去了,奇迹出现了。这片盐碱地的尽头,一片烟尘渐渐飘起。初看上去很轻，很难分辨出是不是雾气。但是后来烟尘渐高渐重，最后形成一团浓云。显然只有行进中的大队人马才能卷起这样的飞尘。如果这是一片沃土，人们可能会以为是草原上游牧的牛群正经过这里。但这里却是寸草不生的盐碱地，没有什么生灵。越来越大的烟尘向两个漂泊者滚过来。在弥漫开来的烟尘中，渐渐显露出帆布顶的篷车和武装骑士。原来是一队向西进发的旅人。浩浩荡荡的车队绵延无尽，车头已到山下，车尾还遥不可见。在这片一望无际的荒原上，双轮车、四轮车络绎不绝，男人有骑着马的，有徒步走着的，拉开了断断续续的队列。数不清的女人负重蹒跚而行，很多孩子摇摇晃晃地跟着篷车跑，也有一些坐在车上的孩子，把头从白色车篷里伸出来向外张望。很显然，这不是普通的迁徙队伍，而是一支游牧民族正在寻找新栖息地。在这沉寂的旷野上，人声车声马声，沸沸扬扬，乱成一片。尽管喧闹异常，响声震天，也没惊醒山上两个落魄的人。

　　二十多个身形矫健、神情肃然的骑士行进在前列。他们穿着手工织布做的衣服，显得朴素而干练，身背来福枪。他们来到山脚下，停下来，作了短暂的商议。一个嘴唇紧绷、胡子刮得精光、头发斑白的人说："往右边走有水井，伙计。"另一个说："向布兰卡山的右侧前进，就可以到达瑞奥·葛兰德。"第三个人大声喊道："水不是问题。神灵会从岩石中引水来解救他的臣民的。""阿门！阿门！"他们异口同声地说。

　　他们正要启程，忽然一个年轻的手疾眼快的小伙子指着他们头上那片峭壁惊叫起来。原来有件微小的粉红色的东西在山顶上飘荡着，映衬着灰色的岩石，非常显眼。这一发现使骑士们一齐勒住马缰，取枪在手。同时，更多的骑手疾驰前来增援。只听见一片喊叫："有红人了。""这不可能，"一位看似头领的长者说，"我们已经把波尼红人甩在后面了，这里到前面的大山之间不会有任何部落的。"一个人说道："我上去看一下怎么样，斯坦杰森兄弟？""我也去，我也去。"十多个人同声喊道。那位长者回答说："拴好马，我们在这里接应你们。"年轻人立

血字的研究

刻翻身下马,把马拴好,蹬着峭壁,向头顶上的目标攀去。

他们悄无声息地急速前进,显露出平日里训练有素的那种沉着和矫捷。他们健步如飞,很快攀上山顶。那个年轻人走在前面,其他跟在后面的人突然见他显出吃惊的样子,上前一看,他们也被见到的情景惊呆了。

山顶的一个孤石旁,躺着一个身材高大、须发凌乱、面容粗鲁而憔悴的男人。他神态安详,呼吸均匀,可见他睡得很沉很香。他的身旁睡着一个小女孩,她用又白又嫩又圆的胳膊搂着大人又黑又瘦的脖子,她那披着金发的头倚着穿着棉绒上衣的男人的胸脯,红唇微启,露出雪白整齐的牙齿,稚气十足的脸上挂着调皮的笑意,又白又胖的小腿下面是一双白色短袜,脚上穿着干净的鞋子,鞋扣闪闪发光。这一切和她伙伴的瘦长的手足形成鲜明奇特的对比。不远的岩石上是三只虎视眈眈的秃鹰,它们眼见有人来,发出阵阵无奈的哀鸣,悻悻飞走。

两人被秃鹰的叫声惊醒,惶惑地瞧着眼前的陌生人。这个男子摇摇晃晃地站了起来,向山下望去。刚刚还是一片凄清苍凉的荒原上,现在却出现了无数的人马。他的脸上露出难以置信的神情,枯瘦的手放在眼眉上,仔细观看,喃喃自语道:"我想是睡糊涂了吧。"小女孩在他身旁,紧紧地拉着他的衣角,什么也没有说,用孩子特有的惊异目光四下张望着。前来救援的人们使两个流浪者回到现实当中,他们的出现是实实在在的。一个人抱起小女孩,另外两人扶着羸弱的汉子,艰难地走向车队。汉子自报姓名说:"我叫约翰·费瑞厄。我们一共二十一个人,如今只有我和这小孩了。其余的人都渴死、饿死了。"

有人问道:"她是你的孩子吗?"男子说:"我想,现在她是了。我救了她,以后她会跟定我的,从现在起她就改名叫露茜·费瑞厄了。对了,你们是什么人?"他看着这三个健硕的人,说,"你们怎么这么多人?"一个年轻人说:"近万人呢。我们是上帝遭难的儿女,天使梅罗娜的臣民。"流浪者说:"我对这位天使很陌生,可你们都是她的忠实

的臣民。"另外一个人严肃地说:"谈到神时要严肃。我们是摩门经文的信徒,经文是一些写在金叶上的埃及文字,交给了派尔迈拉的圣者约翰·史密斯。我们来自伊利诺州的瑙伏城,我们曾经在那里建立了自己的教堂。我们是受专横的史密斯逼迫才进行这次迁徙的,同时也为了躲开那些不信神的人。"

一提到瑙伏城,费瑞厄就明白了,他说:"我知道了,你们是摩门教徒。""我们是摩门教徒。"大家一齐说。"那么现在你们去哪儿呢?""不知道。上帝特派了先知来引导我们,你得见见他,听他的指示。"

说着他们来到人群中,那些温顺的女人和顽皮的儿童以及善良的男人将他们团团围住。他们看着这一老一少两个流浪者,心中充满了怜悯。护送他们的三个人推开众人一路前行,后面跟着一大群人。一行人一直来到一辆高大华丽的马车前。这辆车十分出众,其余的车都是两匹或四匹马拉着,而这辆车则用了六匹马。车上坐着的人年近三十,头颅巨大,神情坚定,一看便知是个头人。他正在专心读书,看到人群来到近前,便放下书,听下人禀报,听完,仔细审视二人。半响,头领严厉地说:"你必须尊奉我们的神,我们才允许你和我们在一起。因为羊群里不允许有狼的存在。如果你们是坏人,就不如让你们死在这无人的旷野中。你能答应我的要求吗?"

"只要能跟你们走,任何条件都可以。"费瑞厄郑重其事的语气使那些稳重的长者都忍俊不禁。只有首领一如既往地庄严、肃穆。他说:"斯坦杰森兄弟,你收留他们吧,弄些吃喝给他们。你还要给他讲授教义。不能再耽搁了,动身吧,向郇山前进!""前进,向郇山前进!"教徒们一齐喊了起来。然后这个旨意接力似的向下传去,消失在遥远的地方。马鞭鸣响不绝,车轮滚滚向前,车队开始进发了,这长蛇一样的队伍又蜿蜒前行了。斯坦杰森长老把两个落难者带到车里,为他们准备了饮食。

他说:"你们从此就是我们的教徒了,这是约瑟·史密斯借助卜瑞格姆·扬的声音指示的,这也是上帝的旨意。"

血字的研究

犹他之花

这里不想追溯摩门教徒们在最后定居前所经历的苦难历程。他们几乎是以空前绝后的百折不挠的顽强的精神,从密西西比河西岸行进到落基山脉西麓这片土地上的。他们以盎格鲁—萨克逊人所特有的坚毅顽强的精神,战胜了野人、野兽、饥渴、辛劳疲顿和疾病等上帝所降下的一切苦难。但是,颠沛流离和无尽的恐怖,使他们中最为勇敢坚强的人也不免胆颤心惊。因此,当他们看到脚下在灿烂阳光照耀下的广阔的犹他山谷,听到首领宣称这片处女地便是神所赐予的伊甸乐园,并且永远归属他们的时候,他们没有不虔诚俯首、顶礼膜拜的。

不久,部族首领扬就显示出非凡的领导才能,成为一个颇具才华的行政长官。许多规划图制定以后,未来城市的轮廓也渐渐清晰起来。他把城市四周的土地分成不同面积的地块,再按每个教民的身份分下去。工、商界限分明。城市的街道、广场分布有序,乡村更是井然有序,生产繁忙。到了第二年的夏天,整个乡村便满眼金黄,丰收在望了。在这个崭新而偏僻的移民区内,一切都在建设当中。市中心的大教堂一天天增高。从早到晚,斧锯声不断。教堂是为纪念指引他们走出死亡、终达平安的上帝而建造的。

约翰·费瑞厄收小女孩为义女并与她相依为命。这两个历经了死亡的人随着救他们的人到达了旅程的终点——犹他。小露茜在斯坦杰森长老的篷车里,活泼可爱。她和长老的三个妻子及十二岁的儿子在一起,很快康复起来。她生性柔顺,又失去了母亲,因而备受三个女人的怜爱。渐渐地露茜也习惯了居无定所、帐幕为家的新生活。此时,费瑞厄恢复了往日的强壮并赢得了众人的尊敬。他是个精明的向导,也是个敬

业的猎人。因而,当长途迁徙结束时,费瑞厄同其他教徒一样分得了一份肥美的土地。

费瑞厄就这样获得了一份土地。他建造了一所坚实的木屋,由于逐年增建,逐渐形成了一座宽敞的别墅。他讲求实际,体格健壮,又有手艺,勤劳敬业,不停地在土地上精耕细作。因此,他的田产不断增多。三年后,他的邻人们都落在了后面;九年后,他已相当富有;十二年后,他已在盐湖城一带位居第六七位了,从盐湖到瓦撒齐山区,费瑞厄的大名几乎无人不知。但有一件事,让同教的人感到他与众不同,甚至伤害了他们的感情。不论人们怎么劝说,他都不按教民们的方式生活,保持着独身生活。他对此不做任何解释,只是坚定地生活着。因而,许多人对他产生怀疑,认为他对摩门教并不虔诚。也有人认为他不娶妻是出于吝啬;也有人认为他曾被感情伤害过,或者在等待什么人。不论怎样,他全然不顾人们的议论,独往独来。除了这一点,他对所奉宗教严格遵奉,是位公认的虔诚的、正派的教徒。

露茜在木屋的陪伴下一天天长大,她承担了义父的全部家务。受到山里清纯空气和松脂香气的滋养,随着日月的流逝,露茜一年年长大成人。她亭亭玉立,挺拔健美,面若桃花,步态轻盈。路过费瑞厄田庄边大路的人们看到露茜穿过麦田的苗条而轻盈的身影,或见她牵着马表现出的西部少女特有的优美身姿,不禁会想起往日的情景。昔日含苞欲放的蓓蕾已绽放出俏丽的容颜。是时间使费瑞厄成了富人,露茜也出落成太平洋沿岸少有的超凡脱俗的美少女。

女孩子的成长是缓慢的,即使她已成长为少女了,她的父亲也不会察觉。是少女本人的感觉告诉她,比如听了某种话语,碰了什么人的手她会怦然心动,一种复杂的情感会涌上心头。这时她会意识到,她已经长大了。世界上很少有人不记得使其生命之门重新开启的那些点滴琐事,哪怕只是一举手,一投足,一个眼神。对于露茜,暂且不谈此事对她及其他人的命运有何影响,就对她本身来说,已经是非同小可的事情。

六月的一个清晨，摩门教徒们忙得像蜜蜂一样，不停地劳作，到处是忙碌的人群。身负重载的骡子络绎而过，向西行进，弄得大道尘土滚滚。这时，采金热潮席卷了加利福尼亚州，通向太平洋沿岸、横穿大陆的大道将依雷克特城一分为二。从遥远的牧区来的成群的牛羊拥塞在路上；也有一队队经过长途跋涉的移民，疲惫不堪。露茜凭着高超的骑术在人畜混杂的潮流中纵马穿行。她的脸微微泛红，更加美丽迷人，棕色长发随风飘起。她是奉父命到城里办事的。同往常一样，她艺高胆大地催马前行，置危险于脑后，只筹划着她要办的事。赶路的淘金者和冒险家，惊奇地看着纵马疾驰的美少女，就连一向冷漠的印第安人看到她也将呆板的面孔松弛下来。

来到郊区时，露茜看到六个神情粗野的牧人，赶着牛群把路堵得水泄不通。她等不及了，于是想从牛群的间隙中穿行过去。但是，一挤进牛群，几乎所有的牛都挤上来了，她感到进了牛的海洋之中，四处涌动的都是突眼长角的庞然大物。她平日也放过牛群，因此，遇此情景也并未慌张，仍是见缝插针地穿行。不幸的是，一头牛不经意地用角猛撞了马的侧腹，马惊怒起来，前蹄跃起，狂嘶不已；它摇晃得让骑手无所适从，要不是骑术高超，任何人都逃不过摔下来的噩运。情况紧急，惊马每跳一次，都免不了再次受到牛角的冲撞，这更使它狂跳不止。露茜只有紧贴马鞍，无计可施，稍一失神，便会横尸乱蹄之下。首次遭此险情，她不禁茫然失措了，紧握着的缰绳，眼看就要放松。尘埃四起，再加上牛群的异味刺激，她简直要窒息。在这危急时刻，要不是传来一个亲切的声音，使她感到有人相助，她简直要绝望而放弃努力了。只见一只有力的棕色大手一把抓住了马嚼，并排开牛群走了出去。

这位救星彬彬有礼地问道："小姐，但愿没伤着你。"她抬头看了一眼他黝黑粗野的脸，满不在乎地笑了起来。她天真地说："真是吓死我了！没想到这马儿竟会被一群牛吓惊了。"

他诚恳地说："感谢上帝，幸好你抱紧了马鞍子。"这是一个身材

血字的研究

高大、面目粗野的小伙子，背着一只长筒来福枪，一身结实的粗布猎装，骑在一匹布满灰白斑点的马上。他说："我想，你是约翰·费瑞厄的女儿吧，我看见你从他的庄园那边过来的。再见他，烦请你问问他是否记得圣路易的杰菲逊·侯伯这一家人。如果他就是那个我们熟悉的费瑞厄的话，他曾和我父亲是好朋友呢。"她一本正经地说："你亲自去问，不更好么？"听到这个建议，他似乎很高兴，黑色眼睛中透射出快乐的光。他说："我是要这样做的。但在山中居留数月，现在的样子一定很吓人，不方便的。不过，我们见面，他一定会热情接待。"

她回答说："他一定会重重谢你的，我也是。他很疼爱我，要是我被牛踩死了，他会伤心死的。"小伙子说："我也会很伤心呢。""你？啊，我不明白这和你又有什么关系，我们还不算是朋友呢。"听了此话后，年青人黝黑的脸阴沉下来，露茜见了不觉大声笑起来。她说："你瞧，我不是这个意思。当然，现在我们已经是朋友了。你一定要来看我们。现在我必须走了，要不然，父亲就不会再让我替他办事了。再见！""再见。"他回答，同时举起头上的墨西哥式的阔檐帽，低头吻了一下她的小手。她掉转马头，催马扬鞭，向烟尘四起的大道疾驰而去。

杰菲逊·侯伯同伙伴们在马上默默前行。他的情绪不好，一直沉默。很长时间以来，他们一直在内华达山脉寻找银矿，现在是去盐湖城筹集资金好开采银矿。他和他的伙伴们一样，一直热衷于这项事业。可现在，这场意外却使他的注意力偏离了原轨道。这个美丽的少女，像山风那样清新、纯洁，深深打动了他那颗火山般奔放不羁的心。当她的身影从他的视线中消逝后，他意识到她是他生命的奇迹和全部，不论是银矿，还是什么其他的事情，对他说来，都比不上这件刚刚发生的、紧紧抓住他的全部心力的事情来得重要。这种爱情，已经不是孩童时代的那种朦朦胧胧的幻想，而是一个性情刚毅、热血奔腾的男人的无法控制的激情。

当晚，他就去拜访了约翰·费瑞厄；再后来，他成了常客。一回生，二回熟，他们渐渐熟悉起来。约翰·费瑞厄深居山谷，十二年来，

他全身心地从事田庄工作，几乎与世隔绝。侯伯把这些年他的所见所闻详细地讲给费瑞厄听。他绘声绘色地讲述，费瑞厄听来十分新鲜，露茜也深受感染。侯伯是最早开发加利福尼亚的人之一，他对那个充斥着暴力和金钱的时期非常熟悉，某某人一夜暴富，多少人倾家荡产。他做过各种工作，不论哪里，只要可以冒险，他都要去。很快，他获得了费瑞厄一家的喜爱，老人不断地夸他，露茜却默默无语。但是，她面上的红晕，幸福闪亮的眼睛，无不表明，她已心有所属。老费瑞厄也许没看出来，但小伙子却再明白不过了。

一个夏日的黄昏，侯伯从大道策马疾驰来到费瑞厄家。他拴好缰绳，大步走进门来。露茜正等在门口迎接他。"我要走了，露茜，"他说着，握住她的手，目光温柔地瞧着她，"我不要你现在就跟我走，但我们下次见面时你会决定下来吗？""可是，你要多久才能回来呢？"她娇羞地问道。"亲爱的，不超过两个月。两个月后，你就完完全全属于我了，天经地义，不可逆转。"

她问道："可是，不知父亲意下如何呢？""他已经同意了，前提是我们的银矿开采进行得顺利。这倒不是我所担心的。""既然父亲这一关已经没问题了，那就没什么问题了。"她轻声说着，把头靠在情人坚实的臂膀里。"我的上帝！"他声音嘶哑地说着，低头吻着她，"那就按咱们的计划行事吧，我该走了，和你在一起的时间越长，我就越舍不得离开，他们正等着我呢。再见吧，我的公主，我的小姑娘，两个月，只要两个月，我们会相见的。"

他边说边摆脱了她的怀抱，起身上马，径直离去。他不忍回顾他的心上人，哪怕只一眼，他所有的坚强都会动摇、粉碎和融化。她久久地立在门旁，痴情地凝望着爱人远去的身影，既幸福又无奈，因为她知道幸福的获得要经过等待和煎熬的痛苦过程。

约翰·费瑞厄与先知的谈话

杰菲逊·侯伯和他的伙伴们离开盐湖城已经有三个星期了。约翰·费瑞厄每每想起侯伯归来之日便是与爱女分离之时，便痛心异常。但是，女儿因爱情而美丽幸福的脸足以说服他必须顺从这个安排。而他也早已暗下决心，无论怎样，也不能让女儿嫁给摩门教徒。他觉得，与其说这是婚姻，倒不如说是耻辱。但无论他怎样评价此教教义，在婚姻这个问题的看法上，他与该教教义是背道而驰的，誓死难从。尽管如此，他的想法却不能有所外露，因为在摩门教的势力范围内，任何反教义的倾向都是异常危险的。

这的确危险异常，其危险的程度，就连教会中那些颇孚众望的圣者们也不免望而却步，即使是暗地里谈论教会中的事，也小心谨慎，唯恐稍有疏忽便招来杀身之祸。曾经遭受迫害的人受一种不平衡心理驱使，摇身一变成为压迫者，而且变本加厉，残忍毒辣。任何凶狠、毒辣的组织与摩门教在犹他州的作为相比都会黯然失色。

这是一张无形的网，加之一些神秘活动，它便更加充满了神秘的恐怖色彩。并且它好像能够全知全能，但是，人们又看不到它的踪迹，只知道，一旦有人抵触教会，他便会突然神秘消失，没人能知道他的下落，更没人了解他的遭遇。妻儿翘首盼望，可父亲却杳然不知所踪，永远没有机会回来诉说他的遭遇。一言一行必须异常谨慎小心，否则后果不堪设想。尤其让人胆寒的是，没人清楚笼罩在他们上空的恐怖到底是什么，因此，人人胆战心惊，如履薄冰，即使置身于旷野之中，也不敢对这种势力有所异议，就不足为怪了。

血字的研究

开始时,一些极端的行为只用来对付那些叛教的人,渐渐地,范围开始扩大。成年妇女开始不够支配。如果没有足够多的女人,一夫多妻制的教条就成为一纸空文。于是形形色色奇怪的传闻到处传播:在印第安人从来没有到过的地方,移民中途被杀,旅行人的帐篷也遭到抢劫。与此同时,摩门教长老的深屋内室里却出现了陌生女人,她们神情枯槁,泪流满面,又夹有无法言说的恐惧。有晚归的游民宣称,黄昏时分,他们眼见一队队蒙面武装骑士悄然经过他们身边。开始的种种传说只是只言片语,但后来越发清晰明朗,人们经过推理证实后,就清楚究竟是何人所为了。至今在西部荒凉的大草原上,"丹奈特帮"和"复仇天使"仍然是罪恶与不祥的代名词。

对这个罪恶昭昭的组织了解越深,人们内心中的恐惧就越深。没人知道究竟是哪些人为这个残暴的组织服务。这些在宗教的招牌下施行恐怖活动的恐怖分子,其姓名是绝密的。对于先知及教会的抱怨,你不慎吐露于人,这个倾吐对象就很可能是晚间明火执仗前来施暴人中的一个。因此,每个人对任何人都心存疑虑,更没人敢吐真言了。

一天清晨,约翰·费瑞厄正要到麦田去,这时他听到前门的门闩响了一下。向外一看,见一个身材健壮、浅褐色头发的中年男子向屋子走来。这一瞧使他大惊失色,来人非同一般,而是赫赫有名的卜瑞格姆·扬登门造访。他很害怕,他很清楚此行对他意味着什么。费瑞厄连忙开门迎接这位摩门教的首领,但扬对他的热情却视而不见,面无表情地进了客厅。

"费瑞厄兄弟,"他边说边坐了下来,目光锐利地逼视着费瑞厄,"上帝的子民们一直以善意和仁慈的态度对待你,在你将要葬身于沙漠的时候,我们救了你,给你食物,把你安全地带到这个上帝指示的山谷,给你土地。在我们的扶助下,你才慢慢地富裕殷实起来,难道不是这样吗?""确实如此。"费瑞厄回答说。"对于这一切,我们只有一个前提,就是你必须成为我们忠实的教徒,对教规笃行不悖,这是你已经同意的。可是,要是人们的传言不是谣言,那么在这一点上你一直是阳奉

阴违的。"费瑞厄赶紧申辩说："我不明白，我怎么是阳奉阴违呢？难道我没有按教规缴公共基金吗？难道我没有按时做礼拜吗？难道我……"

"既然如此，你的妻子们在哪儿呢？"扬问道，四下看了一番，"叫她们出来见我。"费瑞厄答道："我的确没有娶妻，毕竟，女人已经不多了，而且有人更需要。可我也并不孤独，有女儿陪我就足够了。"扬说："我就是专程为你女儿的事而来的。她已经长成大姑娘了，而且堪称犹他之花了。许多有身份有地位的人都看中了她。"约翰·费瑞厄闻听此言，暗暗叫苦。

"外面传言说她已经与一个异教徒订婚了，对此我倒不愿听信，一定是些闲来无事的人搬弄是非。圣约瑟·史密斯经典第十三条怎么说来着？'让摩门教中的每个少女都嫁给一个上等的子民；如果她嫁给一个异教徒，她就是罪该万死。'这就是教义教规，对此，你既然深信不疑就不该让你的女儿无视它的存在。"约翰·费瑞厄没有回答，手里摆弄着马鞭子。

"你是否全心信教就看你如何对待此事了，四圣会已经这样决定了。你的女儿还年轻，我们不会把她嫁给年老的，也不会让她没有选择。我们这些长老，已经有许多'小母牛'了，可我们的孩子很需要，斯坦杰森的一个儿子，垂伯的一个儿子，他们都很愿意娶你的女儿，叫她任选其一吧，他们都是年轻富有的信徒，你觉得怎么样？"费瑞厄皱着眉头，沉默了一会儿。最后他说道："您总得容些空儿呀，我女儿还小，还不到谈婚论嫁的年龄呢。""给她一个月的时间，"扬说着就站了起来，"一个月后，我等她的答复。"他走到门口，猛然转身，凶相毕露地厉声说："约翰·费瑞厄，你要是想以卵击石，胆敢违抗四圣的旨意，倒不如当初就死在布兰卡山上的好。"他示威性地挥了挥拳头，扬长而去。扬踏在门外沙石小路上的沉重的脚步声清晰地传进费瑞厄的耳朵。

这个可怜的老人直直地坐在那里，陷入了痛苦之中，一筹莫展。这时，一只柔软的小手握住了他的手。他抬头见女儿已站在身旁，从她苍

血字的研究

白忧伤的表情可以看出,她已经听到了那番谈话。她看着愁苦的父亲说:"我没法听不见,他的声音把房子都震得发抖了。噢,爸爸,爸爸,我们该如何是好呢?""别害怕,孩子,"他边说边把她拉到身边,抚摸着爱女美丽的栗色秀发,"咱们总得想出个对策,你对那个年轻人的爱不会有所减淡,对吧?"露茜握着老人的手,默默地啜泣着。"不,当然不会。我可不想听你说会这样的。他是个有发展前途的年轻人,又是个基督徒。单凭这些,他就强于这里所有的人,不管他们如何礼拜祈祷,如何循循善诱。明早有人到内华达去,我捎信给侯伯,告知他我们的困境。如果我对他还算了解的话,那他一定会像箭一样飞回来的。"露茜听了她父亲的打算,不禁破涕为笑。

"他回来以后,一定会为我们出谋划策的,可我倒担心你,爸爸。有人听说——听说反对先知的后果,说什么反对他的人都会有灾难发生。"老人说:"可是,我们还没反对他呢。如果真这样,那可要先想想对策了。还有一个月的期限呢,时间一到,我们就逃出这个鬼地方。""离开犹他!""只能如此了。""可田庄怎么办呢?""可以卖掉,我们尽量要得到现钱,处理不掉的也就算了。说实话,孩子,我早想这样做了。至于屈从在别人指挥之下,就像这里的人们被压服在那魔鬼先知的淫威之下一样,我并不十分在意。但,作为一个自由的美国人,我实在无法忍受这里的一切。我感觉到自己是老了,适应不了那一套。可是如果他真要来这里为所欲为,我就让他尝尝子弹的味道了。"女儿有些异议:"可是,他们会跟咱们过不去的。"

"等到杰菲逊回来后,咱们很快就能逃出去的。在此期间,你千万要保重,我的好女儿,别把眼睛弄得红通通的。不然,侯伯见了,一定会拿我是问了。没什么可担心的,一点都不会有危险。"

约翰·费瑞厄颇有信心地安慰了女儿一番。但是当晚她就发现了父亲的反常,他谨慎小心地关好门窗,并取下挂在卧室墙上的一支陈旧的猎枪,擦拭干净,装好子弹。

福尔摩斯探案全集

出 逃

　　第二天清晨,费瑞厄去了盐湖城,找准备到内华达山区去的朋友,托他给杰菲逊·侯伯捎封信。他在信中诉说了他们的危险处境,并让他尽快赶回。事情办好后,他轻松了许多,愉快地返回了家。

　　当他回到田庄时,惊奇地发现大门两旁的门柱上各拴着一匹马。更让他吃惊的是,他发现客厅里有两个年轻人。一个长脸,脸色灰白,跷着二郎腿,躺在摇椅里;另一个奇丑无比,却盛气凌人,他站在窗前,两手插兜,吹着流行的赞美诗。老人进屋时,他们点头示意。躺在摇椅上的那个先搭了腔。他说:"咱们认识一下,他是垂伯长老的公子,我叫约瑟夫·斯坦杰森。你们是早年被上帝的善良之手引进羊群的,那时咱们共同走过不毛之地,共同旅行过。"另一个拖着浓重的鼻音说:"上帝是仁慈的,他会把普天之下的人们都拯救出来的。这一过程虽然缓慢,却不乏精细,疏而不漏。"约翰·费瑞厄冷冷地鞠了一躬。他已经猜想到来者的意图了。

　　斯坦杰森继续说道:"我们是奉父命前来向你女儿求婚的,你们选择一下吧。我只有四个老婆,而垂伯已经有七个了,因此,我觉得我的需要甚于他。"另一个大声叫道:"完全不是那么回事,斯坦杰森兄弟,有多少老婆不是理由,关键看谁能养活多少。我父亲已经把磨坊给了我,所以,我比你富有。"斯坦杰森反驳说:"但我比你有前途,总有一天我爸爸归西,他的熟皮厂和制革厂都是我的。那时,我将成为长老,地位要比你高。"小垂伯照着镜子欣赏着自己,又满脸堆笑地说:"那只好让姑娘来挑选了,我们还是遵从她的意见吧。"

血字的研究

谈话期间,约翰·费瑞厄一直站在门口,他一言未发,险些气炸了肺,他几乎抑制不住扬鞭抽打这两个无耻之徒的冲动。最后,他阔步走上前喝道:"听着,我女儿叫你们来时再来,没叫你们来时,我不愿见到你们这副模样。"这两个富家子弟惊愕地瞪大了眼睛盯着老人。在他们看来,他们如此争先恐后地向他女儿求婚,对这个外来人来说,是一种无上的殊荣。

费瑞厄喝道:"要想出屋,只有两条路。一条是门,一条是窗户。你们走哪条?"他神情凶狠,双手青筋暴露。两位客人见此情景,撒腿便跑。老人一直追到门口。他挖苦地说:"你们决定究竟是哪一位,烦请通知一声。""你要有麻烦了!"斯坦杰森狂叫着,"你违抗先知的旨意,不听四圣会议的决定。你会后悔的!"另一个大叫:"上帝会惩罚你的。他可以拯救你,也可以处死你!""好吧,我倒要你先死给我看看!"费瑞厄怒吼道。幸好露茜拉住了他,没让他上楼拿枪。他刚挣脱了女儿,便听见响起一阵马蹄声。他们已经走远了。

他边擦汗边嚷道:"这两个无耻的流氓,与其让你嫁给这种东西,我的女儿,倒不如让你以死获得解脱。"她兴奋地回答说:"爸爸,我会这样做的。不过,杰菲逊快回来了。""是的,他很快就要回来了,越快越好,否则不知道他们怎样对付我们呢!"

这确实到了老人和义女生死存亡的紧要关头,他们急需一个可靠忠实的人为他们出谋划策,解救他们。在这个部族的历史上,像这样公然违抗四圣意志的事还前所未有。即使一点疏忽过错都要受到严厉的惩罚,那么这样罪孽深重的事结果又会如何呢。费瑞厄很清楚,他的财富与地位无济于事。在此之前,许多有钱有地位的人被暗杀,其财产也归入教会名下。尽管他是个生性坚强勇敢的人,但对这盘亘在他头上的莫名的恐怖,他不免心惊胆寒。任何明显的危险,他都可以坚强面对,但这种使人整日提心吊胆的折磨却令人不堪承受。但他还是毅然决然地默

默地承受下来了,并且装做泰然自若的样子,不让女儿发觉他的恐惧。可这一切又怎能逃过他女儿敏锐的眼睛呢?她知道父亲镇定的伪装下是一颗异常恐惧的心。

他料到他的反叛行为会招致某种惩戒的。这倒千真万确,但其方式却是他始料不及的。次日凌晨,费瑞厄惊奇地发现,在他胸口处的被面上钉着一张字条,上面是一行笔迹粗重的东倒西歪的字:

限你在二十九天内执行决定, 到期则——

那破折号像把利剑,带给人的恐怖是无限的,但令老人百思不得其解的是字条是如何放进来的,因为仆人睡在另外的房子里,并且所有的门窗都是上了闩的。他随即把字条揉成团,对女儿只字未提。可这件事却着实吓着了他。字条上的"二十九天"显然是扬所提最后期限的剩余天数。与这样神秘莫测的敌人作战,匹夫之勇是不足称道的。那只钉字条的手,足以把刀刺进他的心脏,而且他至死也不会知道凶手为谁。

第二天早晨所发生的事更使费瑞厄震惊不已。他们正坐下来吃早餐时,露茜忽然手指上方惊叫起来。天花板的中央赫然一个"28",显然是炭棒画的数字。他女儿对这个数字一无所知,他也没解释。当晚他彻夜未眠,执枪守夜。一切都寂然无声很正常,可次日清早,在他家的门上又出现一个大大的"27"。

时间一天天过去,就像黎明每天如约到来一样,他每天都发现隐藏的敌人在为他提示所剩的天数。有时,那个可怕的数字出现在墙上,有时在地板上,还有几次是写在小纸片上贴在花园的门或栏杆上。虽然费瑞厄异常警觉,但他还是不能发现这些警告是何人何时所为。他每每看到这些数字,心底便涌起无尽的恐惧。他也因此寝食难安,憔悴不堪起来,眼神中流露出被追逐着的野兽所特有的恐慌惊骇的神色。至此,他

血字的研究

唯一的希望便是那个从内华达赶回的年轻人。

二十天、十五天、十天,远方的人还是杳无音讯。限期一天天迫近,可他还是杳然无踪。每每从大路上传来马蹄声,或听到车夫的吆喝声,老人都要跑出去张望一番,可总希望而来失望而归。最后,期限变成五天、四天、三天,他因此而绝望了,并彻底放弃了逃走的计划。他一个人势单力薄,再加上不熟悉周边地形,他清楚逃跑也是徒劳,通行的大道早已设防,没有"四圣会"的命令,没人能通过。他能怎样呢,看来是山穷水尽了,是祸躲不过。老人更清楚,无论如何也要捍卫女儿的清白。

一日傍晚,他独自一人静坐思虑这场恼人的灾难,但却没有任何办法可以解脱。早晨,墙上的提示数字已经是"2"了,明天就是最后期限,到时会怎样呢?他想到各种可怕的场面,既真实又恐怖。他死后,女儿会怎样?难道他们真的在劫难逃了吗?想到如此的无助与孤立无援,他不禁伏案而泣。

什么声音?在这死寂中,他听到一阵窸窸窣窣的抓爬声。声音虽轻,但在这静寂中却异常清晰。声音从大门处传来。费瑞厄于是轻步走进客厅,屏息凝气地倾听着。静寂了一小会儿,那个恐怖的声音又再次响起。有人在轻轻敲门,难道这就是前来执行暗杀行动的刽子手吗?或者,又来提示最后期限吗?费瑞厄此时觉得痛快地死去比这种恐怖的折磨要强得多。他于是猛然打开了门。门外一片静寂,月朗星稀。在老人面前是一片庭前花园,其周围有一道篱垣,一个门。但是,四周空无一人。老人环顾四周,轻吁了一口气,悬着的心落了下来。但他一低头却大惊失色:只见一个人手脚僵直地伸展着趴在地上。

他惊惧已极,强按嘴巴才没喊出来。开始,他以为这是个受伤或垂死的人。仔细看时,才发现他手脚并用往屋里爬。一进屋便站了起来并关上门。原来是杰菲逊·侯伯,他满脸尘土,面目凶恶。"天哪!"约

翰·费瑞厄气冲冲地说,"你要吓死我的!你为什么要这样进来?""快给我弄点吃的,"侯伯精疲力尽地说,"整整两天我没吃东西了。"晚餐仍摆在桌上,他急忙跑了过去,吞起冷肉面包来。吃饱喝足,他便问:"露茜怎么样了?""很好。她对此一无所知。"老人回答说。"那太好了。这个房间已处在严密监视中了,所以我只好爬进来。他们的监视本领已经很到家,但要抓到一个瓦休湖猎人,还嫩一点儿。"

约翰·费瑞厄现在像换了个人似的振奋起来,他知道来了救星。他一把握住了年轻人粗壮的手,由衷地感谢说:"你真让我感到骄傲。除了你,没人愿意来帮助我们。"年轻人回答说:"您说的没错,老人家,我很尊敬您,但如果是您一个人的事,我在插手这件棘手的事前要三思而行的。但为了能和露茜远走高飞,让犹他州姓侯伯的从此绝迹,我在所不惜。"

"现在怎么办呢?""明天就是最后期限了,除非今晚就动身,否则就来不及了。我把一头骡子和两匹马放在鹰谷那里等着。您有多少钱?""两千块金洋和五千元纸币。""足够了。我这儿还有一些,凑在一起。咱们必须穿过大山到卡森城去。去叫醒露茜。好在屋子里没有仆人。"

老人去叫女儿时,侯伯就把能够找到的吃的东西打成包,又用瓷瓶装了水:经验告诉他,山中水井很少,间距也很远。他刚收拾好,老人和他女儿便穿戴好准备动身了。这对久别的恋人只进行了一会儿短暂而亲热的问候,因为时间紧迫,分秒必争,还有许多事要做。"咱们必须马上出发,"杰菲逊·侯伯低沉而又坚决地说,如同明知山有虎,偏向虎山行一样果决,"前后出口都被人把守住了。但要加倍小心,还是能从窗子出去,然后穿过田野。上了大路很快就会到鹰谷,在那里骑上马。天亮以前,就能走过一半的山路了。"费瑞厄问道:"要是有人拦截,那该怎么办?"侯伯在衣襟下露出的左轮手枪上拍了拍,狞笑着说:"有这伙计,至少能解决些问题。"

血字的研究

屋里一片漆黑。老人在黑暗中向外望去,看着这片曾属于他的土地。就要诀别了,他简直难舍难分,但一想到女儿的幸福和清白,他即便是倾家荡产也在所不惜了。远处的树林与田野一片温馨宁静。但谁也想象不出这是一群杀人恶魔的出没地。年轻人的紧张苍白的脸无一不暗示他对身边的险情一清二楚。

费瑞厄手里紧紧抓着钱袋,侯伯带上些许干粮和水,露茜提着一个装有她心爱之物的小包。他们慢慢地、慢慢地,异常轻微地打开窗子。等到乌云增加了浓重的夜色,他们才接连越窗而出,屏息凝气,小心翼翼地穿过花园,隐藏在篱垣暗处,并沿着篱垣走向通往麦田的缺口。刚到缺口,侯伯猛然拉住父女两人,躲到阴暗处,潜伏起来。所有人都吓得浑身发抖。侯伯久经磨炼的耳力像山猫一样敏锐。他们伏下不久,就听见几步开外的一声猫头鹰的悲鸣,同时,在不远处有回应声。然后在他们所开的缺口处隐约出现一个人影,暗处又走来一个人影。"明天半夜,怪鸥叫过三声后下手解决他们。"第一个人说,看来他是头儿。

另一个答道:"明白了,用不用告诉垂伯兄弟?""告诉他,让他通知其他人。九到七!""七到五!"另一个接着说。于是,这两个人分道离去。最后的两句话,显然是一种暗号。他们刚走远,侯伯立即起身,拉着同伴穿过缺口,以最快速度穿越麦田。这时,露茜已经体力不支了,他只好半拉半拖着她跑。"快!快!"他气喘吁吁地催促着,"警戒线已经过了。速度就是生命,快跑!"

上了大道,他们的速度就更快了。路上,他们碰到过一回人,于是马上躲进麦地。将要到城边时,侯伯又拐进一条山间小径,夜色衬托下,两座大山压得人喘不过气来。他们所走的狭道便是鹰谷,马匹就等在那里。侯伯以惊人的观察力在乱石中穿行,他沿着一条干涸了的小溪来到一块隐蔽地,那儿有三匹骡子。露茜骑了一匹骡马,老人上了马,侯伯骑马带路前行。

对于不了解自然的人而言,这种崎岖山路一定会让他们望而却步。小路一边是悬崖峭壁,怪石嶙峋;一边是乱石丛生,无处下脚。中间,只有这条崎岖的小径,小径窄得只能容一人穿行。即便如此,逃亡者却满心欢喜,因为每走一步,就远离魔鬼的手掌一步。但是,他们很快发现危险并没有解除。当他们行至山路中最荒凉处,露茜失声惊叫起来,在一块临路的岩石上站着一个哨兵,他发觉有人来了,便一声喝问:"是什么人?""前往内华达的旅客。"杰弗逊·侯伯应声答道,一边握住鞍旁的来福枪。他们能够看见哨兵的手指一直停留在扳机上,两眼下望,似有些怀疑。哨兵又问道:"经谁准许过?"费瑞厄答道:"是四圣。"他知道摩门教中四圣是最高权力的代表。哨兵叫道:"九到七。""七到五。"杰菲逊·侯伯马上回答说,他记起那两个人所使用的暗号。

哨兵终于说:"可以走了,上帝保佑你们。"闯过了这一关,路便开阔起来,马可以小跑前行了。回头还可见那个哨兵在站岗值班。但是,他们毕竟闯过了最后一道防线,曙光就在前面了。

血字的研究

复仇的天使

整个夜晚,他们都在曲折复杂的山中小路上行进,迷了好多次路,好在有侯伯指引才重归正路。天亮了,展现在他们面前的是一幅既荒凉又壮观的奇景。山披银装,绵延数里,红妆素裹,分外妖娆。但山路两旁的突兀的怪石好像是悬挂在他们的上空,似乎只要一阵风就会吹落,压住他们。这可不是无来由的恐惧,岩石滚落的事时有发生。他们刚开始动身,一块巨石便轰然滚落,简直地动山摇,马都不免惊跳起来。

当黎明来临,群山接踵出现在眼前,所有的山峰都随着升起的太阳亮丽夺目起来,这景色使他们信心大增,精神大振。他们在一个有水的谷口歇下来,饮了马,并匆匆地用了早餐。露茜和老人想休息一会儿,可侯伯却坚持马上离开。他说:"此时,他们很可能正在追踪咱们,时间和速度就是成功,只要顺利到达卡森城,想休息一辈子都没关系。"

整整一天,他们都是在山路中马不停蹄地逃亡。傍晚,他们估计离开犹他差不多三十英里了。夜晚,他们在一个避风的悬崖下休息。为了取暖,三人紧靠着休息了几个小时。只是稍事休息,天还未亮,他们便又动身了。他们始终没发现有人追踪,以至侯伯以为他们已经虎口脱险了。但他丝毫没有感觉到魔爪正在黑暗之中伸向他们,而且很快会击溃他们。

他们出逃的第二天中午,所带的食物便为数不多了。但这并不能难倒侯伯,因为他可以捕食飞禽野兽,以前他就是常常用那支来福枪猎取食物的。他找到了一个隐蔽处,生起火来取暖,这毕竟是在海拔五千米的高山上,寒冷刺骨。他拴好骡马,准备出去打点东西吃。告别了露

茜,他便背着枪出发了,回头还能看见老人和少女在烤火。

他走了两英里左右,一无所获。但周围的一些迹象表明,这一带一定有野熊。他一直搜寻了两三个小时也徒劳无功。正打算空手而归,忽见远处山岩上站着一只样子像羊、长着巨角的野兽,这个"大犄角"很可能是在为兽群站岗值班。幸好它是背对着侯伯的,因此它没有意识到危险的存在。他慢慢趴下,慢慢瞄准后放了枪,野兽应声倒地,挣扎了几下,便滚到谷底去了。

野兽太重了,侯伯根本背不动,他只好割下来一只腿和一些肉。这时天色已晚,他可以满载而归。但一转身,他便意识到他已经迷路了。开始时为了猎食野兽越走越远,已经远远超过了他所熟悉的范围,要认得所走过的千百条路径简直是不可能的。他沿着一条小沟行至一条山涧边,他来时没见过山涧,于是他肯定自己走错了,转来转去,仍然找不到归路。天已经黑了,他终于走上了一条熟悉的小路。月亮还未升起,小路崎岖不平又黑暗异常,想不再走错也很困难,再加上侯伯奔波一天,劳累不堪,身负重物,更加步履维艰。但他一想到每走一步便距露茜近了一步,还有可以维持几日的食物,就又充满了无穷的力量。

他终于到达了两个亲人所驻留山谷的入口处,黑暗之中他仍能分辨出隔断入口的山石的大致轮廓。他此时想着焦急期盼他的人们一定望眼欲穿了,毕竟,他外出的时间已经近五个小时了。他一时兴起,吹起了口哨,借着山谷的回音告诉他们,他回来了。他停下来听回音,但除了他自己的回音外一片死寂。他又吹了一声,更加嘹亮悦耳,可仍没有别人的回应。他开始慌乱起来,内心涌起一阵莫名的恐惧。他不顾一切地跑了起来,千辛万苦猎取的兽肉也丢在一旁。

他刚转过弯,便看清了眼前的景物,先前他生的火还在微微闪亮。但是非常明显,他走后没有人照看过。烤火的人已不知去向,连马匹都不见踪影,他的恐惧瞬间变成现实,一定是在他走后降临了突发的灾

难,他们无一幸免,踪迹全无。

突如其来的意外惊得侯伯目瞪口呆。他如五雷轰顶般被震得支持不住,险些跌倒在地。但他毕竟是坚强的,很快恢复了常态。他把一段未熄的木棒吹燃,借助亮光仔细勘查周边的情况,他发现地面上是一片凌乱的马蹄印,一定是追踪的马队接踵而来,而去路是转向盐湖城了。那么他的两个同伴被掳走了吗?他险些肯定了自己的猜测,但当他的视线转到一个地方时,他不禁毛骨悚然了。在火堆旁不远的地方有一堆隆起的红土,这是先前所没有的,好似一个新掘的坟墓。他走近一看,发现上面安插着一支木棒,中间夹着一张纸,上面草草地写着几个令他惊愕不已的字:

约翰·费瑞厄
生前是盐湖城的居民, 死于一八六〇年八月四日

老人就这样离开了人世,而这几个字竟然成了他的碑铭。侯伯又到处搜寻,却没有发现第二个坟墓,很显然,他心爱的姑娘没有逃脱魔爪的追踪,被掳回去做长老儿子的小妾了,这真是天命注定。当这个小伙子意识到他回天无力时,他真想与老人一起长眠于此了。

但最终他的一种希望战胜了绝望。他既然已经毫无生活的希望,便要用一生去报仇雪恨。他做事向来有决心有毅力,报仇也如此。这种复仇心可能是在他和印第安人相处的日子里学来的。他久久地站立在孤独的火堆旁,感觉到只有酣畅淋漓地报仇,并亲手杀死仇人的快乐才能使他舒心快慰。对此,他已下定决心,誓不回头。他的脸因极度的仇恨而扭曲变形,狰狞恐怖。他蹒跚着去捡回遗失的兽肉,并重新生起火堆烤起肉来,把烤好的可供维持几日的兽肉包起来。他已精疲力竭,但强烈的复仇心支持着他一步一步地走了回去。

他沿来时的路不知疲倦地走了五天，直走得脚踝红肿，疼痛难忍。夜里，他就在乱石间稍事休息，天不亮便又挣扎而起，继续赶路。第六天，他终于回到了鹰谷，这是他们开始逃亡的地方。他向下俯视，摩门教徒们的房屋田舍清晰可见。但现在，他已经面黄肌瘦，疲惫不堪了。他倚着来福枪，内心涌起对这个城市的无限仇恨。他仔细观察这座城市，发现一些主街上挂着一些节日的旗帜和标志。他正在暗自纳闷，只见有一人从远处策马而来，渐行渐近。侯伯认出来人是一名叫考伯的摩门教徒，侯伯曾帮过他几次忙，所以，侯伯叫住了他，打算向他询问露茜的下落。

他说："我是杰菲逊·侯伯。你忘记了吗？"这个摩门教徒带着无法掩饰的惊恐望着他。的确，这个衣衫不整、面容凶狠的流浪汉，不会让他把此人与从前英俊潇洒的年轻猎人联系到一起。但当他认出此人确为侯伯时，惊恐代替了惊异。

他随即惊呼："难道你疯了，怎么又回来了！如果有人发现我与你在一起，我的命也要没了。四圣已下令缉拿你，因为你帮费瑞厄父女逃跑。"侯伯诚恳地说："这一切我都不怕，我只求你一件事，考伯，看在咱们是朋友和上帝的份上，你回答我的问题。"这个摩门教徒不安地问道："什么问题？赶快说，连石头和大树都长着眼睛和耳朵呢。""露茜·费瑞厄怎么样了？""她昨天和小垂伯结婚了。喂，站稳些，当心别摔了，你怎么一副失魂落魄的样子呢？""别管我，"侯伯有气无力地说，他面色惨白，颓然坐回石头上，"我没听错吧，是结婚了吗？""是的，就在昨天，你没看见街道上挂着旗吗？小垂伯和小斯坦杰森还为此发生争执呢，他们都去追踪父女俩，斯坦杰森还开枪打死了她的父亲，所以他坚持要娶她。但四圣会上，由于垂伯家势力大，所以先知把露茜判给了垂伯。但无论谁娶了她都不会长久的，昨天我见她面如死灰，简直不像个人了，恐怕活不了多久了。喂，你要走了吗？""是的，我要

血字的研究

走了。"杰菲逊·侯伯说着站了起来。他的神情冷峻无情,眼睛里迸射出锐利的凶光。"你去哪儿?""你别管。"他说罢,便背起武器,走下山谷,一直走到人迹罕至的地方。这里野兽出没,但侯伯已变成最凶残的野兽了。

考伯的话果然兑现了。也许是目睹父亲的惨死,也许是被逼成婚心怀怨愤,可怜的露茜一直郁郁寡欢,不出一个月,便忧伤而死。他的丈夫对她的死并不伤心,因为他已经得到了费瑞厄的财产;他的一些妻妾却对她颇为同情,并按习俗在下葬前为她通宵守灵。

次日凌晨,她们围坐在灵床边,忽然房门大开,一个形如野人的汉子闯进门来,他不顾吓得缩成一团的妇女,径直走到曾经冰清玉洁的他的心爱的姑娘的遗体旁,弯下身来深情而虔诚地吻了一下她冰冷的额头。然后,拿起她的手,取下了她的婚戒。他怪叫着说:"她决不可以戴着这个该死的东西下葬。"人们还没来得及行动,他便很快地在视线中消失了。这突如其来的怪事简直让人难以置信,若非露茜作为新娘象征的戒指不翼而飞,就连守灵人都会怀疑自己的眼睛是否发生了幻觉,更甭说别人了。

杰菲逊·侯伯从此在山林中过着野人般的生活,但复仇的信念早已刻骨铭心。这时,城里风传一个怪人时而出没在山林,时而出没在城郊。一次,一颗子弹呼啸着穿过斯坦杰森的窗子,在他的不远处开了花。还有一次,垂伯经过一片断崖,突然从上方滚落下来一块巨石,他立即卧倒才幸免于难。他们两人很快便意识到有人企图谋杀他们,于是他们亲率兵马搜查山林,打算斩草除根以绝后患,但他们没能成功。于是,他们以守为攻了,加强防范和减少外出活动。一段时间过后,再没有反常事件发生,他们觉得可以放松警惕了,他们希望侯伯的复仇心随着时间的推移而逐渐淡漠。

可事实恰恰相反,侯伯的复仇心非但未减弱,反而更强烈而持久

了。他本来就意志坚定,除了复仇,他的生命再没有别的内容。但他也是个实际的人。很快他便意识到,虽然他体格健壮,但也难以承受过度的操劳。风餐露宿,食不果腹,长此以往,等不到复仇成功他便会像野狗一样死在山林中了,如果真的如此,那正中了仇人的下怀。于是,他又回到了内华达的矿上,打算养精蓄锐,东山再起,而不致于死于贫困。

　　他本打算一年以后回来,但其间发生了种种情况使他不得脱身,一走就是五年。五年后的今天,复仇之火仍灼烧着他,恰似当年站在费瑞厄坟墓旁那般强烈。他乔装改扮,更名改姓,回到盐湖城来。他只求伸张正义,并不顾惜生命。到达盐湖城后,等待他的是不能再糟的消息。不久前,摩门教发生了分裂,年轻的教徒反抗长老的统治,许多反叛者脱离教会,成为异教徒而远走他乡。垂伯和斯坦杰森也身在其中,但下落不明。据说,垂伯变卖了家产,离开时已成为百万富翁,而斯坦杰森却窘迫困顿。至于他们身在何处,则不得而知了。

　　面对这突如其来的困难,不论从前的仇恨多深,一般的人恐怕也要偃旗息鼓了。但是,杰菲逊·侯伯却更加坚定。他带着少得可怜的盘缠出发了,逐个城市地追逐他的仇人。没钱时,他便打零工度日。一年年过去,黑丝成了白发,但是,他仍执著地漂泊下去,如同一只执著而敏锐的猎犬。他把全部精力都倾注在复仇事业上,为此,他用一生作为代价。真是上天有眼,他仅仅凭着窗口的一瞥,便认定了仇人。他终于在俄亥俄州的科里夫兰城找到了仇人。他回到他破败的栖居地,准备实施复仇计划。但不巧的是,垂伯那天也从窗口中认出了他,并且发现了他眼中暗藏的杀机,于是在私人秘书斯坦杰森的陪同下,他找到了一位负责治安的法官,说他正被一个旧情敌追杀,危在旦夕。当下,侯伯便被捕入狱,因为没有保人,在狱中呆了几个星期。再出来时,垂伯和他的秘书早已去了欧洲。

血字的研究

侯伯的复仇计划又宣告失败。但他并未气馁，仍旧继续追踪。但经济的拮据使得他不得不工作赚钱，积攒路费。终于有了足够的盘缠，他便前往欧洲了。在欧洲，他仍是逐个城市地搜索仇人。没了钱，他便做任何能赚钱的事。可不幸的是，他一直没追上他们。当他到达圣彼得堡时，他们已经去巴黎了；他一到巴黎，又听说他们去了哥本哈根；当他赶到哥本哈根，他们又在几天前去了伦敦。他终于在伦敦使他们走投无路。至于后来在伦敦发生的事，我们最好还是看一看华生医生日记中详载的这个老猎人自述的故事。当然，这个故事我们在前面已经读过了。

福尔摩斯探案全集

华生回忆录的补述

落网的凶手疯狂的抵抗显然不是针对我们的敌意的表示，当他意识到自己的反抗徒劳无功时，便温顺地笑了，并表示，希望刚才的反抗没有伤着我们。他对福尔摩斯说："我知道你要送我去警察局，我的马车就在门外，你要是松开我的腿，我可以自己上车，你知道，抬我上车并不容易。"

葛莱森和雷斯德认为他的要求没有道理。可是福尔摩斯却答应了，解开了绑在他脚脖上的毛巾。他站了起来，舒展了一下腿，像是想证实它们是否真的重获自由似的。我至今还记得，我当时心中暗暗惊叹于他的高大健壮，脸上经长年风霜所形成的刚毅坚忍也是非同一般地吸引人。

他看着我的同伴，由衷地佩服说："如果警察局长职位有空缺，我觉得你再合适不过。你对这个案子的侦破手段，非同一般的谨慎周密。"福尔摩斯对那两个侦探说道："我们最好一起去。"雷斯德说："我来赶车。"

"可以，我和葛莱森坐在上边，还有医生，你是否有兴趣和我们同去呢？"我欣然接受了邀请，与众人一同下了楼。我们的罪犯并没有企图逃走的打算，他平静地坐上自己的马车，我们也坐进去。雷斯德驾起马车，不久，我们便抵达目的地。我们来到一间小屋，一名警官迅速记录下凶手与被害者的姓名。警官冷漠呆板，机械地履行完程序，最后他说："杰菲逊·侯伯先生，你将在本周内提交法庭审讯，在此之前你有权保持沉默，但你所说的一切将作为呈堂证供。"

血字的研究

侯伯缓慢地说:"先生们,我要说的话很多,想把事情的整个经过都告诉你们。"

这个警官问道:"你不认为在审讯时说会更好吗?"他回答说:"我恐怕等不到审讯了。你们别见怪,我不是指自杀,你是医生吗?"他说着,便把一种锐利的眼光投向我。我说:"是的,我是医生。""那烦请你按按这里。"他微笑着用带着手铐的手指着胸口说。我的手一触摸到他的胸部,立刻感到他的心跳不同寻常。他的胸腔震动,似乎在一座摇摇欲坠的建筑中开动了一架马力十足的机器。在寂静中,我能听到来自他胸腔里的轻微嘈杂声。我叫道:"怎么,你患有动脉血瘤症!"

他平静地说:"他们都这样说。上个星期,我看了一位医生,他说,过不了几天,血瘤会破裂。这已是老毛病,一年坏似一年。病根是我在盐湖城山林中种下的,风餐露宿,积劳成疾,便得了此病。现在我已报仇雪恨了,死亡对我来说毫无意义。但我还是愿意澄清这个事实,别让人以为我是一般的杀人犯。"警官和两个侦探迅速地交流了一下,商量他的提议是否合理。

警官问道:"医生,你认为他的病确实有突发的危险吗?"我回答说:"确实如此。"警官于是说道:"如果果真如此,依照法律,我们的职责是优先录取口供,那么你可以交待了,不过,你所有的证词都要记录在案。""我坐着说行吗?"犯人边说边不客气地坐了下来,"我的病极易使我疲劳,况且半小时前我还抗争了一阵,那只会使我更累。我已是行将就木的人了,人之将死,其言也善,所以,我的每一句话都是实话。至于你们的处决,对我无所谓。"

杰菲逊·侯伯说完,就靠在椅背上,说出了以下惊人的供词。讲述时,他神情自然,条理清晰,娓娓道来,似乎在讲一个事不关己的故事。我发誓,这一补充证词句句属实,因为这是我乘机从雷斯德笔记上拷贝下来的。他是按犯人的原始讲述逐词逐句记录下来的。

他说:"我之所以视他们两人为仇人,是因为他们作恶多端,害死两个人——一对父女,他们为此以命还命也是罪有应得。这个罪行跨时太久,我不可能为你们提供任何罪证去指控他们。但我知道他们有罪,我便要集法官、陪审团和刽子手于一身来处置他们。如果你们是真正的男人,站在我的角度上,你们也一定会像我一样这么做的。

"我刚才说到的那个姑娘,二十年前本是我的未婚妻,可是她却被强制与垂伯成婚,以至抱恨而死。我从她遗体的手指上把婚戒取了下来。我当时就暗暗发誓,一定让垂伯意识到自己的罪恶,目睹戒指而死。我千辛万苦地踏遍两大洲追逐着这两个仇人,戒指一直随身携带。他们想用疲劳战术把我拖垮,但他们真是枉费心机。现在即使我明天就死,也没有遗憾了,因为我知道我用一生从事的事业已经出色地完成了。两个仇人都已被我亲手杀死,我的生活的全部意义也随之而去。

"他们是富翁,而我却是一个穷鬼。因此,追踪他们对我来说并非易事。我刚到伦敦时,差不多身无分文了,所以必须找个工作来维持生计。我选择了较为擅长的赶车工作,这对我来说非常容易,只要每星期缴纳给车主一定量的租金,剩下的就留给自己,可余钱并不多,勉强糊口。难的是我不认识路,我觉得伦敦的街道比任何城市的都复杂难记,我只好随身带张地图,熟悉了一些大旅馆和主要车站后,才渐渐顺利起来。过了好长一段时间,我才找到他们的住处,还是在无意中碰上的。他们在泰晤士河对岸坎伯韦尔的一家公寓下榻。谢天谢地,他们终于在我的掌握中了。我留了胡子,以使他们认不出我。我紧紧跟随他们,以待时机。我发誓,这一次决不能再失败。

"即便如此,他们还是险些逃脱。他们无论到什么地方,我都如影相随。有时赶车,有时步行,然而还是赶车跟踪是最佳方法,他们无法摆脱我。这样,我赚钱的时间只有在清晨或夜晚,因此我不能按时缴纳租金了,但为了报仇,这都无所谓了。可他们也并非等闲之辈,他们一

血字的研究

直很谨慎,不单独外出,不夜间出行。足足两个星期,我都没发现他们单独行动。垂伯倒是经常喝得东倒西歪,但斯坦杰森却从不马虎大意,以致我总找不到机会下手。可我并不灰心,等待就有希望,我只担心我的病会过早发作,使我含恨九泉。

"终于有一天傍晚,我正赶车在他们住的陶尔魁里街区徘徊,忽见一辆马车停在他们门前,然后有人拿行李,接着他们两人出来上了车。我远远地跟着他们,心里却害怕他们又要搬家。他们在万斯顿车站下了车,我也跟着进了月台,听他们打听去利物浦的火车,值班员告诉他们,刚发出一班车,下一班要在几小时后,斯坦杰森似乎很懊恼,而垂伯却有些手舞足蹈。我走在离他们很近的人群中,能够清楚地听到他们之间的谈话。垂伯说他要办点私事,很快回来,可他的同伴却想阻止他的单独外出。垂伯说,这是有关他私人不便对人说的事,只能单独去。我没听清斯坦杰森的话,但垂伯随即破口大骂,说他只不过是仆人罢了,有什么权力对他横加指责。这样,他的同伴自知没趣,便就此作罢,告诉垂伯,他会在郝黎代旅馆等他。垂伯说他十一点之前回来,便离开了车站。

"我终于等到了一个绝好的机会,真是天不负我,只要他们一分开,便彼此孤立无援,我就能够各个击破。但我并未草率行事,我要让他们在临死之前清楚地知道是谁杀了他们,为何杀他们,这样才是完满的复仇行动。我早已计划好,他们罪有应得、恶有恶报的大限之日已到。巧得很,前几天坐我车的一个在布瑞斯顿路一带看房的人把一把钥匙落在我车上了,在他领取之前,我弄了一个模子,然后配了一把。这样,我便在伦敦城中拥有了一个可以自由行事不受干扰的地方了。万事俱备,关键在于如何把垂伯弄到那个屋子里去了。他走着走着,不时地走进一两家酒馆,在最后一家酒馆呆了半个小时,出来时显然又喝多了,摇摇晃晃地叫了一辆双轮小马车,便上了车。我紧紧尾随其后,经过滑铁卢

大桥后又走了好几英里。最后,我很奇怪,他又回到了原来的住处,我简直不知道他回去做什么,可我还是跟了过去,把车停在离房子一百码的地方。他进了屋,马车便离开了。请让我喝杯水,我渴得要命。"我把水递给他,他一饮而尽。

他接着说:"我感到好多了。接着说,我等了足有一刻钟甚至更长一点,屋子里突然响起一阵打架似的争吵声,接着房门大开,垂伯走了出来,后面跟着我不认识的小伙子。小伙子揪着垂伯的领子,到了台阶边便用力一推,接着又一脚,垂伯被踢到了大街上。他晃着木棍大声喊道:'杂种!看你还敢不敢欺负良家妇女!'他愤怒至极,如果那个恶棍不夺路而逃,他一定会被狠揍一顿呢。垂伯跑到路口转弯处,见了我的马车,连忙招呼着跳上了车。他说:'赶快去郝黎代旅馆。'

"我一见他上了我的马车,真是欣喜若狂,心脏高兴得怦怦直跳。我真怕由于过度兴奋,在这千载难逢的时刻,它会坏了我的事。我把车赶得很慢,筹划着如何复仇。我可以把他拉到乡下偏僻处算总账,我正犹豫间,他帮我解决了这一难题,原来他又犯酒瘾了,让我把车停在一家酒店门口,等着他。他直喝到酒店打烊,出来时已经烂醉如泥了,我知道,我已稳操胜券了。

"你们别以为我会乘他不备杀了他,那样做只是执行严正的审判而已,我是决不会那样做的。我做出一种决定,这个决定会提供一个能给予他一线生机的机会。我在美洲流浪期间曾做过各种工作,一度在'约克学院'实验室做看门人和清扫工。一次,教授在讲解毒药时把一种叫生物碱的东西给学生们看,这是他从美洲土人制造毒箭的毒药中提炼出来的,其毒之烈,只沾一点,人就立即毙命。我记住了那个药瓶的位置,没人时便倒了一点出来。我是个天才的药剂师,把这些毒药做成了易溶的小丸。我便把它们放进盒子,一个有毒的,一个无毒的。我想,一旦有机会,便让两位仇人一人一盒,由他们每人先服一丸,剩下的归

血字的研究

我。这样一来,如同枪口蒙上手帕射击一样,无声地置人于死地,并且听天由命。从那时起,我一直把药盒带在身边。现在它们终于派上用场了。

"当时已经时近凌晨一点,风雨交加,凄清惨淡。可我心里却欣喜若狂。你们可以想象,一件二十多年每天都朝思暮想的事,终于触手可及时,我会多么高兴。我点了支雪茄,吐着烟雾,来稳定紧张的情绪。由于异常激动紧张,我的太阳穴怦怦乱跳,手也不住地颤抖,我似乎看到了老约翰和可爱的露茜在冥冥之中向我微笑,他们的样子非常清晰,就像我看得清你们一样。一路上,他们总是在我的前面,一边一个,跟我来到布瑞克斯顿路的那所空宅。

"街道上空无一人,只有淅沥的雨声。我回头看了看垂伯,他缩成了团,醉得昏睡过去。我晃着他的肩膀说:'到地方了,下车吧'。他说:'好的,车夫。'我想,他一定以为到了郝黎代旅馆,因为他二话没说,就走下车来,跟我走进了空屋前的花园。不过他还是摇摇晃晃,我不得不扶着他走,以防跌倒。我们进了前屋,我敢发誓,费瑞厄父女一直走在我们前面。'怎么这么黑。'他边说,边乱跺着脚。'一会儿就有亮了。'我说着便点燃了一支随身带来的蜡烛。我把脸转向他,同时用蜡烛照亮了脸,接着说:'伊瑙克·垂伯,你还记得我吧!'他还未完全清醒,半醉中瞧了我好半天,突然脸上流露出恐怖的表情,开始抽搐起来,看来他认出了我。他马上面如死灰,摇晃着向后退,我看见他额头上滚下了豆大的汗珠,牙也在不住地打颤。见他这副模样,我忍不住狂笑不止。我早知道,复仇是件顶顶痛快的事,可还是没有想到会有这样的滋味。

"我说:'你这个恶魔!我满世界地追你,从盐湖城到圣彼得堡,你总能逃命。现在一切都该结束了。咱们之中有一个,永远也见不到明天的日出了。'我说这番话的时候,他不断向后退。他一定以为我是疯了。我确实和疯子差不多,太阳穴上的血管像敲鼓一样乱跳不止,要不

是血从我鼻子中流出来，使我轻松一些的话，我想我的病就先要了我的命。'你说露茜·费瑞厄现在怎么样了？'我边叫着边锁上门，并把钥匙在他眼前晃了几下，'惩罚实在是来得太慢了，可是现在总算到时候了。'我看他简直怕得要命，嘴唇颤抖着，想要讨饶，但他自己也很明白，那是无济于事的。他结结巴巴地说：'你想谋杀我吗？'我说：'这根本谈不上是谋杀。处决一条疯狗，怎么能说成谋杀！你们杀死我未婚妻的父亲，又抢走了她，折磨死了她，这整个过程你有半点怜悯吗？'他争辩：'不是我杀了她的父亲。''但是，是你碾碎了她那颗纯洁的心！'我厉声喝道，一边把毒药盒子送到他面前，'让上帝裁决吧。拣一粒吃下去。一粒死，一粒生。我吃剩下的一粒。都来看看，上帝是否公道，或者叫赌运气。'他吓得躲到一边，大叫饶命。直到我用刀抵着他的喉咙，他才吞下了一丸，我吞下了另一丸。我们相对而坐，僵持了一两分钟，看到底谁死谁活。他脸上开始显现痛苦的表情，我知道他中毒了，而且当时他那副嘴脸奇形怪状，让我发笑。我把露茜的婚戒举到他眼前，过一会儿，他便伸着两手，摇晃着，惨叫一声倒在了地上。我用脚翻他过来，没有心跳了，他死了！

"这时，他鼻子里的血流个不停，可我毫不在意。我突发灵感，便在墙上写了一个血字。这也许出于一种恶作剧心理，想把警察引入迷途；我当时心情极好，想起了一个德国人在纽约被害的事件，死者身上就写着拉契这个字，当时报纸上还分析是秘密党所为。我当时想，这个字既然使纽约人头疼，也会使伦敦人大惑不解，我于是用手指蘸着鼻血在墙上找个地方写下了这个字。然后，我回到马车里，仍然是空无一人的雨夜。走了一段路，我一摸衣袋，发觉戒指没了，我大惊失色，因为这是露茜留下的唯一纪念物。我想我是把它遗落在空宅了，于是掉头回去。我把车子停在附近一条横街上后，便壮着胆子走向空宅，为了追回戒指，我无所畏惧。我刚走到房门便与从里面出来的警察撞了个正着。

血字的研究

为了解除他的戒备心理，我只好装成醉鬼。

"这是我杀死垂伯的全过程。接下来我要用同样的办法去杀死斯坦杰森，这样我就再也没有挂怀的事了。我知道他在郝黎代旅馆，但我转悠了一天也不见他走出旅店。我猜想他可能因为垂伯去而不归，心生戒备。他确实精明狡猾，防范严密。但他要是以为躲在屋里就可以防住我就太自以为是了。很快，我找到了他卧室的窗户。

"次日清晨，我便用旅馆外面胡同里存放的梯子爬到他的房里，并叫醒了他，告诉他说应该为以前所杀的人偿命了。我给他讲了垂伯死的情况，并且让他也效仿着挑一丸药，但他不想接受我给他的活命机会，他跳起来扑向了我。出于本能，我举刀刺向了他的胸部。不管方法怎样，结果都是死，因为上天不会允许他那只罪恶昭昭的手拿起那个无毒的药丸。我还有几句话要说，说完了也好，因为我感觉我的生命快结束了。大功告成后我又赶了两天马车，我想努力干几天以积攒回美洲的路费。那天，我在广场上等客，一个乞儿在打听我的名字，他说，贝克街221号乙有位先生要雇我的车，我当时毫无戒心地跟着来了，以后就是这位年轻人用手铐干净利落地把我的手铐上了，动作之迅速麻利倒使我大开眼界。各位，这就是我的全部经历。你们可以把我当成凶手来看待，但在我看来，我和你们一样，也是一名公正的执法官。"

故事讲得惊心动魄，悬念迭起，他给人的印象又是如此深刻，我们听得简直入了神，连两位经历丰富的职业侦探都似乎忘了这是在录口供。他讲完之后，我们一阵沉默，只有速记笔在纸上的沙沙声打破了沉寂。福尔摩斯最后说道："我还要知道一点，在我登出广告后，你是指使谁来领取戒指的？"他颇为自得地挤了挤眼："我可以告诉你们我的全部活动，但决不危害别人。看到广告，我也曾猜测这是个陷阱，可我实在不愿意放弃任何可能找到戒指的希望，我的朋友自告奋勇替我走一遭。我想，你不得不承认他干得的确很漂亮。""确实漂亮。"福尔摩斯

如实相告。这时警察正色说道:"那么,诸位先生,我们必须按法律办事。本周四,他将要提交法庭审讯,请各位务必出庭。庭审前,我负责看管他。"说完,按响了门铃,两名看守进来将杰菲逊·侯伯带下去了。我和福尔摩斯走出警局,乘车回住处。

血字的研究

尾 声

我们事先都接到了本周四出庭作证的通知,但那天却没有前去作证的必要了。案件已由一位更高级的法官受理,杰菲孙·侯伯被转到另一个极为公正的法庭去审判了。原来,他被捕的当晚,血瘤便迸裂了。他第二天被发现时已死在狱中地板上,平静地微笑着,好像在临死前回首一生的事业并未荒废,夙愿得偿欣慰而去。

第二天傍晚,我们谈及此事,福尔摩斯说:"葛莱森和雷斯德知道侯伯死了,一定也会气死的。这样一来,他们没有吹捧的依据了。"我回答说:"我实在不知道他们在凶案中究竟做了什么!"我的伙伴尖酸地说道:"人活在世上,你做了些什么并不重要,重要的是,你如何能够使人相信你做了些什么。"稍作停顿,他又轻松地说:"不过这没什么,无论如何,我也不会放过这个案子的,我认为这是我所见过的最精彩的案件,虽然简单,但从中却可以学到一些东西。""简单!"我禁不住叫了起来。"没错,的确是简单。除此以外,其他的形容词都不恰当。"歇洛克·福尔摩斯说。他看到我一脸诧异,不觉微笑起来。"你想,在没有人帮助的情况下,借助正常的推理,我便在三日内缉拿到了凶犯,这足以证明它的简单。"我说:"这倒是事实。"

"我曾跟你说过,不被人注意的事物,非但不是什么阻碍,反而是一种线索。解决此类问题时,主要运用推理方法,一层层往回推。这种方法既容易又有效,不过,在实际中人们忽略了它,总是习惯于向前推理,而忽略回溯推理。能使用这种分析方法的,不过百分之一二而已。"

我说:"坦白地说,我还不大明白你的意思。""我也没把握使你弄得清楚。我试着把它说得容易理解些。大多数人遵守这样的习惯:如果你把一系列的事实罗列出来,他们就能把可能的结果告诉你,他们能把这些事实联系起来,通过思考,得出结论。但是,有少数人,如果你告诉他们结果,他们能做内在的联系,推出全过程的每一个环节,这就是我指的'逆向推理'或'分析的方法',我是指这种能力。"我说:"我明白了。"

"这个案子便是一例,你只知道结果,其他的全靠你去发现。现在我尽量清晰地将对案子各个环节所进行的推理向你演示一下。我还是从头说吧。你知道,我是步行到屋子里去的,在此之前,我不敢轻易妄下结论,否则会干扰真实情况。我先检查了街道,发现了一辆马车的轮迹,我仔细勘查后,确定是在夜间留下的。而且车轮间距比伦敦自用马车的间距窄一些,我断定它是一辆出租的四轮马车。

"这是我的第一发现。接着,我就慢慢地走上了花园中的小路。碰巧,这是一条土路,很容易留下印迹。很显然,在你的眼中这不过是条足迹凌乱的烂泥路而已,可在我训练有素的眼中,它的每个印迹都具有特殊意义。在侦查学的各个门类中,足迹学是最重要同时也是最容易被人忽视的科学,但我对此一向非常重视,并且久经实践后,它已成为了我的本能。在警察们沉重的靴迹上,我发现了两个原始的足迹,这些足迹很明显先于他人。这是因为,一些迹象表明,有些足迹经后来人践踏,差不多完全消失了。这样我的第二个环节就形成了。这个环节告诉我,有两个夜间来客,一个身材高大,这是从他的步幅上推算出来的;另一个则衣着入时,这是从他留下的精致小巧的靴印上判断出来的。

"进屋后,很快证实了我的推测,衣着入时的那位先生就躺在我面前。如果是谋杀,那么他的同行者就是凶手。尽管他身上没有伤痕,但他紧张恐惧的表情表明他在临死前很清楚自己的命运,因为像死于心脏

血字的研究

病这样的一般突发性的自然死亡的人决不会有任何紧张恐惧的表情。我闻了闻他的嘴唇，略带酸味儿，我从而得出了他是被迫服毒而亡的结论。说是被迫，是因为他的表情相当惊恐。用排除种种不合理因素的推测方法，我终于得出了这一结论，因为其他的推测都经不起严密推敲。你不要以为这是无稽之谈，在犯罪史上，强迫服毒的案例并不少见，任何对毒药有研究的人都会对敖德萨的多尔斯基一案和茂姆培利耶的雷吐里耶一案产生联想。

"现在该谈谈'为什么'这个大问题了。谋杀的动机是什么呢？显然不是谋财害命，因为死者的钱一点不少。排除这点，剩下的便是政治暗杀或是情杀的可能了，我比较倾向于后者。因为政治暗杀的凶手在刺杀成功后会立即逃走，可这件凶案却恰恰相反，凶手不紧不慢，并且在屋子里留下许多足迹。这表明，他始终在现场，所以不可能是政治暗杀，而是一种精心策划的仇杀。当血字被发现后，我更坚定了这一结论，血字只是一个烟雾，显而易见。而且戒指的发现，就使问题更加明朗了。很明显，凶手曾用这只婚戒唤起死者对某个已死的或是不在场的女人的记忆。关于这一点，我曾经问过葛莱森，在他拍往科里夫兰的电报中，是否问到垂伯有过特殊的经历。你应该记得，他当时回答说没有什么特殊的。

"再以后，我仔细地检查了屋子，结果肯定了凶手是个高个子，同时还发现了一些其他线索，比如印度雪茄烟，凶手的长指甲等。由于室内毫无打斗痕迹，死者也没有外伤，那么地上的血只能是凶手因激动而流的鼻血，而且，我发现有血迹的地方就有他的足迹。要不是气血旺盛的人，很少有人在激动的时候大流鼻血的，所以我进行了大胆的猜测，凶手很可能是个健壮的红脸大汉，后来的事实表明我的推断千真万确。

"后来，我便做了葛莱森没做好的事。我发了一份电报给科里夫兰警察局长，询问垂伯的婚姻。返回的电报说垂伯指控过一个旧日情敌，名

字叫杰菲逊·侯伯,当时他请求保护。被指控的人眼下正在欧洲。我的推断完全得到了证实,下一步要做的就是缉拿凶手了。我当时早已断定:和垂伯一同走进那个屋中去的就是那个车夫。

"这是因为我查看街道痕迹时发现拉车的马曾随便走动过,如果车夫在上面的话是不会有这种情况的。车夫如果没有进屋,那他又会去哪儿呢?还有,如果凶手在第三者面前公然施行他蓄谋已久的谋杀,那他是否神经错乱了呢?这简直是荒谬至极。最后,在伦敦想跟踪一个人,有比做车夫更方便更有效的途径吗?于是我便推出了这样的结论:要想找到杰菲逊·侯伯,只能去伦敦租车市场。

"如果是个车夫,他不会就此不干,这样突然不干会引起别人的注意,所以此人将在一段时间内仍旧干他的老本行。如果以为他使用的是假名,也毫无道理,在没有一个人认识的国家里,他有必要更名改姓吗?我于是组织了一支街头流浪儿侦查队,分头到伦敦的各家马车厂去打听,最后他们找到了那个人。他们出色地完成了这项任务,你我有目共睹。但对于斯坦杰森的谋杀,却是我不曾料到的,可意外在任何情况下都不可能避免。并且你知道,在这个意外事件中我得到了两颗药丸,这是我一直推想存在的东西,你瞧,这个案件本身就是一个逻辑连贯的链条。"

"真是不可思议!"我惊叹道,"你应该把这些都公之于众,让大家了解你在这个案件中所起的作用,你若是不愿意,我替你发表。""随你便吧,医生,"他说,"不过你还是先看看这个!"他说着递给我一份报纸,"看看吧!"这是一份当天的《回响报》,他指给我看的,正是报道这个案子的。

报载:由于侯伯的猝死,世人因而失去了一个茶余饭后的话题。侯伯杀了伊瑙克·垂伯和约瑟夫·斯坦杰森。记者从有关部门获悉,案子牵涉到一件年深日久的情案,与爱情和摩门教大有关涉。但是此案的真

血字的研究

实内幕将永远是个秘密了。据悉，两个被害者年轻时曾经都是摩门教徒。嫌疑犯侯伯，也是盐湖城人。此案到此告一段落，它充分表明了我市警探破案神速，办事得力，并使外国人引以为戒，他们的个人纠纷最好在本国解决，不要转移到不列颠国土上来。当然，这件奇案的破获完全仰仗苏格兰场著名侦探雷斯德和葛莱森两位先生，这已是公开的秘密。据悉，凶手是在一位名叫歇洛克·福尔摩斯的私人侦探家中被抓获的，此人在探案方面也表现出了一定的才能，相信他在两位名侦探的指导下，会获得一定成就。按照惯例，两位侦探将受嘉奖，作为对他们非凡才能的鼓励等等。

歇洛克·福尔摩斯大笑着说："我早就跟你说过，咱们费尽心神研究血字，其结果却是为这两个笨蛋争得荣誉！"我回答说："没关系，我的笔记本里有事实的原始记录，外界会弄清真实情况的。既已破案，你也该轻松了，就如同罗马吝啬鬼所说的，'笑骂由你，我自独行；家藏万贯，我独赏之。'"

四签名
SIQIANMING

四签名

演绎法的研究

歇洛克·福尔摩斯从壁炉台的一角拿下一瓶药水，又从一只干净的山羊皮匣里取出一个皮下注射器来。他先是用细长有力的手指安好细细的针头，接着又卷起了衬衫的左边袖子，他若有所思地对自己的肌肉发达、留有很多针孔痕迹的胳臂凝视了片刻，终于把针尖扎进胳膊里，注射完毕就躺在绒面的安乐椅里，满足地喘了一大口气。这样的行为他每天重复三次，几个月来我已看惯了，但总是不以为然。随着时间的推移，这种情况日益使我不安，但由于我不敢去阻止他，所以一到夜里，想到这件事，就觉得良心过意不去。我的朋友性情冷漠、孤僻，不肯接受意见，我觉得要想向他无拘无束地进行忠告，真是一件困难的事。他的毅力，他自负的态度和我所体验过的他那许多特别的性格，都使我望而却步，不想惹他不高兴。然而，这一天下午，大概是因为我在午饭时喝了些葡萄酒，又或许是他那毫不在意的态度激怒了我，我觉得一定要把心里话说出来了。

我问他："今天注射的是什么？吗啡，还是可卡因？"他刚翻开一本旧书，有气无力地回答道："这是可卡因，百分之七的溶液。你也要试试吗？"我毫不犹豫地回答道："我不想试。阿富汗的战役弄得我身体到现在还没复原，我不能再摧残它了。"面对我的恼怒，他含笑答道："大概你是正确的，华生，虽然这东西对身体有害，但它有着那么强烈的提神作用，相比之下，那些副作用就不算什么了。"

我恳切地说道："可是你也得考虑考虑利害得失吧！你的大脑也许像你所说的那样，能够因为刺激而兴奋起来，但这毕竟会伤害身体。它能引起不断加剧的器官组织变质，至少也会导致长期衰弱——你也知道

这种药的副作用,真是得不偿失。你怎能只顾一时的快感,消耗你那天赋的超人的精力呢?你该了解我说这话不仅因为我是你的好朋友,还因为我是一个为你的健康着想的医生。"

看来,他听后不仅没有生气,反而把十指对顶在一起,把两肘搭在椅子的扶手上,一副对谈话颇感兴趣的样子。他道:"我生性好动,一旦无事可做,就会烦躁不安。给我难题,给我工作,给我最深奥的密码,给我最复杂的分析工作,我才觉得最舒适,才觉得不需要人为的刺激。我非常讨厌平淡无味的生活,我追求的是精神上的振奋,因此我选择了一个特殊职业——也可以说是由我创造了这个职业,因为我是这个世界上唯一从事这种职业的人。"我抬眼问道:"你是唯一的私人侦探吗?"他答道:"我是唯一的私家咨询侦探。如果葛莱森·莱斯垂德或者艾瑟尔尼·琼斯碰到难事来向我请教的时候,作为侦探的最高裁决机关,我以专家的身份审查材料,同时提供我的意见。可是我并不居功自傲,报上也没有我的名字。这种工作带给我的巨大报酬是使我的特殊本领得到施展的那种快乐。你应该还记得我办理的杰菲逊·侯伯那件案子吧。"我热切地答道:"是的,我都记在心里,那是我平生从未遇到过的奇案。而且我还把案件的过程编成了一本书,加了一个新颖的标题,《血字的研究》。"

他不满意地摇头道:"我大致看了一遍,实在不敢恭维。你要知道,侦探术是——或者应当是——一门精确的科学,也应当用冷静的方法来研究它。你把它涂上了一层小说色彩,结果好像是在几何定理里掺进了恋爱的故事。"我反驳他说:"但是书中确有像小说的情节,我不能改变事实。"

"只要把重要的部分写出来就够了。这个案件里唯一值得提出来的,只是我怎样通过结果来找出原因,再经过仔细的分析和推理直到最终破案的过程。"

我写那个小册子,本来是想要他高兴,没想到反而被他批评,这使我十分不快。我承认,正是他的自以为是激怒了我,他的要求似乎是:

四签名

他个人的行动必须占据我的著作的全部内容。在我和他同住在贝克街的几年里,我多次发现他在沉默和说教的背后,透露出些许骄傲和狂妄。我沉默起来,只是坐着抚摩我受过伤的腿——我的腿以前曾被人用枪弹打穿,虽不妨碍走路,但是天气一变就感到痛楚难当。

停了一会儿,福尔摩斯装满了烟斗,缓缓开口:"最近我的业务已经扩展到欧洲大陆了。上星期就有一个叫做弗朗斯瓦·勒·维亚尔的人来向我请教,你也许知道,这个人是法国侦探界中的后起之秀。他有凯尔特民族的敏感性,可惜缺少广博的学识,这影响了他技术的提高。他所请教的是一件有关遗嘱的案子,很有趣。我提供了两个相仿的案子供他参考:一件是一八五七年里加城的案件,另一件是一八七一年圣路易城的那个案子。这两个案子为他打开了破案的门扉。这就是今天早晨我接到的致谢信。"说着他把一张已弄皱的外国信纸递给我看。我看了看,信里夹杂着很多恭维话,字里行间充满了"了不起"、"高明的手段"、"有力的行动"等表示这个法国人的热情、崇拜和赞许的话。我说:"简直就是个在和老师讲话的小学生。"

歇洛克·福尔摩斯轻声说:"啊,我的帮助被他估计得太高了。他自己也非常有能力。一个优秀的侦探家所必备的条件,除了学识,他都拥有,比如观察力和推断力。不过他将来会有学识的。现在,他正在翻译我的几篇短文。""你的作品?"他笑道:"你不知道吗?不好意思,我曾经写过几篇专门论述技术的文章。你记不记得那一篇:《论各种烟灰的辨认》?在那里面,我列举了一百四十种雪茄烟、纸烟、烟斗丝的烟灰,还用彩色的插图来说明各种烟灰的区别。这是在刑事案件审判中经常出现的证据,有时甚至是整个案件最重要的线索。现在你回忆一下杰菲逊·侯伯案件,你就会想起来,辨别烟灰是可以帮助破案的。比方说能确定一个谋杀案的凶手是吸印度雪茄烟的,这样一来,就缩小了你的侦查范围。印度雪茄烟的黑灰和'鸟眼'烟的白灰的不同,在训练有素的人看来,就如同白菜和马铃薯一样。"

四签名

我道："对细小事物的观察，你确实具备非凡的才能。""我觉察到了它们的重要性。在我写的关于跟踪脚印的论文里边还提到保存脚印的方法。这儿还有一篇新奇的小论文，说明一个人的手形会受到他所从事的职业的影响，附有石工、水手、木刻工人、排字工人、织布工人和磨钻石工人的手形插图。对于科学的侦探技术来说，这些细节意义重大。值得一提的是在无名尸体鉴别和调查罪犯身份时更具实际意义。噢，我只顾谈我的爱好，你厌倦了吧？"我诚恳地回答道："我不但不厌倦，而且还很感兴趣呢。这是因为我曾经亲眼见过你运用这些方法。你方才谈到观察和推理，那么，这两方面在一定程度上是相互关联着的。"

他舒坦地靠在椅背上，从烟斗里喷出一股乌蓝色的烟雾，说道："没有什么关联。举例说，观察的结果表明，你今早曾到韦格摩尔街邮局去过，而且通过推理，还可以知道你在那里发了一封电报。"我叫道："是这样的！但是你是如何知道的，那只是我突然想做的事，而且没有对任何人讲过。"

他看到我惊讶的样子，便得意洋洋地笑道："这太简单了，简直用不着解释，但是解释一下倒可以分清观察和推断的不同。我注意到有一块红色的泥巴沾在你的鞋子上，韦格摩尔街邮局对面正在修路，掘出的泥就堆积在便道上，走进邮局的人难免会踩上泥巴，那里的泥是一种特殊的红色，据我所知，附近并没有相同颜色的泥土。这就是我观察出来的，其余的就都是靠推断得来的了。"

"那么你怎么能推断出那封电报呢？""今天整个上午我都和你面对面地坐着，并没有看见你写过一封信。然而我注意到你的桌子中央放着一张邮票和一打明信片，那么你上邮局肯定是发了电报。刨除其他的，剩下的就是事情的真相了。"

我想了一想又道："的确如此，但是这件事太简单了。我想出一

个难点的题考考你,你不会有意见吧?"他答道:"恰恰相反,欢迎你的考验,我可以不用第二次注射可卡因了。我对你提出的任何问题都很感兴趣。""常常听你说,在每一件日用品上面,都容易留下一些能显示使用者特征的痕迹,受过训练的人很容易就会辨认出来。我这里有一只新得来的表,你能不能从这块表上推知它的旧主人的性格和习惯呢?"我把表递给了他,心里暗笑。因为我认为,这个问题是无法解答的,这也可算是我给他平日独断专行的一个教训吧。他把表拿在手里,细细地打量,先端详表盘,再掀开表盖,观察着里面的机件。他先是用肉眼,接着又拿出来高倍放大镜观察。看着他一副沮丧的样子,我几乎笑出声来。后来他终于合上表盖,把表递给我。

他说道:"这里几乎没有什么痕迹留下来,因为这只表刚刚擦洗过,抹掉了主要痕迹。"我答道:"正是这样,这只表是擦过了油泥以后才被我得到的。"但心里面暗自对他用这一点做借口来掩饰他的失败很不以为然。假使是一只未修过的表,也不太可能找到有助于推断的痕迹。他半睁半闭着无神的眼睛仰望着天花板说道:"虽然遗痕不多,但我的观察也起到了一定作用,还是说一说请你检验吧。我认为这只表是你父亲留给你哥哥的。""不错,你是从表的背面上所刻的 H. W. 两个字头推断出来的吧?""是这样,W 是你姓氏的开头字母。我知道这是你家上一辈的遗物,是因为这只表很古老,大约有五十年历史,而表上的刻字痕迹表明,刻字时间与制表时间差不多。按照习惯,凡是珠宝一类的东西,多由长子继承,而长子又往往袭用父亲的名字。如果我没记错的话,你父亲早已去世,所以我断定这只表是你哥哥的。"

我道:"除此之外,还有别的吗?""你哥哥从前有锦绣前程,然而他生活放荡,错过了许多好机会,所以弄得生活困窘,最后纵酒过度而死。我能看出来的就是这些。"我从椅子上跳起来,在屋内无精打采地踱来踱去,无限辛酸涌上心头。我说:"福尔摩斯,这就是你的不对了。

四签名

我不能相信,你竟然会耍出这样的花招,以前你一定访察过我哥哥的一切,现在就装做莫测高深地推断出这些事情。你以为我真会相信你只凭这只旧表就能推断出这些事实吗?老实告诉你,你简直是在骗人。"

他和悦地答道:"我亲爱的医生,请原谅我。我按着理论来推断问题,却没在意这会使你很难过。我保证,在你把这只表拿给我之前,我还不知道你有个哥哥呢。"

"那你简直是神机妙算!你说的与事实一模一样。""啊!运气不错,我只是说出一些可能的情况,没想到竟然全说对了。""那么你真不是瞎猜的?""当然,我从来不瞎猜。胡乱猜测是个坏毛病,它会妨碍逻辑推理。你觉得神奇,是因为你不了解我的思路,没有注意到往往能推断出大事来的细节。举个例子吧,开头我说你哥哥行为放荡,是由于观察到这只表除了下面和边缘上有两处明显的凹痕以外,表的上面也是伤痕累累。很明显,他常把表与钱币、钥匙等硬东西一同放在衣袋里。对一只价值五十多金镑的表这样不在意,可以说明他日常生活不谨慎。仅仅是一只表已经如此贵重,可见遗产相当丰厚。"我频频点头,领悟了他的意思。

"伦敦当铺有个惯例:每收进一只表,就用针尖把当票的号码刻在表的里面,这比挂上牌子高明,可以避免号码丢失或错乱。我拿着放大镜观察,看到至少四个这类号码。可见你哥哥的生活常常捉襟见肘,而他有时候日子过得还不错,要不然就没钱去赎回表了。最后你看有钥匙孔的里盖,在钥匙孔的四周被钥匙摩擦出无数的伤痕。头脑清醒的人插钥匙一插就中,只有醉鬼的表才能留下这些伤痕。你哥哥晚上给表上弦,因为醉酒,手腕颤抖,就留下这些伤痕。这不是很简单的推理吗?"我答道:"拨开云雾见太阳。请恕我刚才无理,我应该充分相信你的能力。现在你手头还有什么案子在侦查吗?""没有,所以才注射可卡因啊。除了动用我的头脑,我在这世上简直没有别的兴趣。过来,看看窗外,

沿着街道,擦着褐色屋顶,有黄雾在滚滚而过,难道还有比这更无聊、更愁惨的吗?医生,你想一想有力无处使是一种多么难受的滋味啊。犯罪是平常的事,人生在世也是平常的事,这个世界到处都是平常的事!"

我正要开口回答他,突然有人急促地敲门。房东走了进来,手里托着一个铜盘,上面放着一张名片。她对福尔摩斯说道:"一位小姐求见。"

他读着名片:"梅丽·莫斯坦小姐。嗯!好陌生的名字。哈德森太太,请她进来。医生,你不要走,我希望你能留下来。"

四签名

陈述案情

莫斯坦小姐迈着稳重的步子沉着优雅地走了进来。她发色浅淡，身材苗条，手上是一副色彩搭配和谐的手套，身上穿着跟她气质相符的套装。她那朴素雅致的衣着表明她生活得不太富裕。她的衣服是深褐色毛呢料的，不加花边和装饰，配着一顶同样颜色的帽子，帽子上插着一根白色的羽毛。她长得不算漂亮，但神情温柔可爱，尤其是一双深蓝色的大眼睛，蕴藏着海一般深沉的情感。我见过各种各样的女人，但是从来没见过谁有这样一副聪慧高雅的容貌。当福尔摩斯请她坐下的时候，我注意到她双唇轻颤，两手发抖，显然她的情绪非常紧张。

她说："福尔摩斯先生，我今天到这儿来，是因为您曾经为我的女主人西斯尔·费里斯特夫人成功地解决过一桩家庭纠纷。我对您高超的技术深感钦佩。"

他想了一下答道："是西斯尔·费里斯特太太啊，我是曾经帮过她一个小忙。那是一桩非常简单的案子。""她并不这样认为。至少，我所请教的案子您不能同样也认为是简单的，因为我的处境实在太让人难以置信了。"福尔摩斯搓搓手，眼里闪烁着欣喜的光芒。他在椅子上微微前倾，清秀而像鹞鹰的脸上浮现出聚精会神的表情。"说说您的案情吧。"他响亮而又庄重地说道。我觉得在此有所不便，便起身说道："请原谅我得先走一步了。"出乎意料的是这位年轻姑娘伸出戴着手套的手拦住了我，说道："假如您再坐一会儿，也许就能帮我一个大忙呢。"因此我就重新坐下了。

她接着说道:"整个事情简短说来是这样的,我父亲是驻印度的军官,我被送回英国时还很小。母亲去世很早,我在国内又没有亲戚,所以我就被送到爱丁堡的一个寄宿学校读书,一直到我十七岁。一八七八年,我的父亲——他所在团里资格最老的上尉——请了一年的假,返回英国。我收到他从伦敦拍来的电报,说他已平安到达,住在朗厄姆旅馆,要我马上去跟他见面。我还记得,在他的电文中洋溢着父亲的慈爱。我刚到伦敦就坐车去朗厄姆旅馆了。管事儿的人告诉我说,莫斯坦上尉的确住在那里,但是自从头天晚上出门后至今未归。我等了一天,没有任何消息。到了夜里,在旅馆经理的建议下,我去警察署报案,并于第二天早上在各大报纸上登了寻人启事。结果仍然毫无消息,直到现在,还没有查到我可怜的父亲的下落。他回到祖国,抱着那么大的希望,本来打算安享晚年,没想到……"她用手摸着喉咙,硬咽着说不出话来。

福尔摩斯打开了他的记事本问道:"还记得是哪一天吗?""他在一八七八年十二月三日失踪——已经快十年了。""他的行李呢?""还在旅馆里,行李里边找不出任何线索,有些衣服和书籍以及不少安达曼群岛的古玩,他从前在那里监管过囚犯。""他在伦敦有哪些朋友?""我们只知道一个——驻孟买陆军第三十四团的舒尔托少校,和他在一个团。这个少校已经退伍,住在上诺伍德。我们找过他,可是他连我父亲回到英国的事都不知道。"福尔摩斯道:"真奇怪。"

"我还没告诉您更奇怪的事呢。六年前——准确日期是一八八二年五月四日——我在《泰晤士报》上看到了一则广告,查询梅丽·莫斯坦小姐的住址,并说如果她有所回应,对她会有好处的。广告下面没有署名和地址。那时我刚到西斯尔·弗里斯特夫人家里担任家庭教师。我和她商量以后,在报纸广告栏里登出了我的住址。当天我就收到从邮局

四签名

给我寄来的一个小纸盒,里面装着一颗很大的珠光闪耀的珍珠,盒子里一个字也没有。从那以后,每年同一日期我都会收到一个装有相同珍珠的同样的小纸盒,同样邮寄者从来也没留下过任何线索。这些珠子给内行人看过,说是价值连城的宝物。请看这些珠子,真的很漂亮。"她说着就打开一个盒子,六颗我从未见过的上品珍珠映入了我的眼帘。

福尔摩斯道:"我对您说的很感兴趣,还有别的情况吗?""有,今天早上我接到了这封信,请您看一看,这也就是我来找您的原因。"

福尔摩斯道:"谢谢您,请把信封也给我。邮戳——伦敦西南区,日期——九月七日。啊!角上有一个大拇指印,也许是邮递员的。纸很不错,信封要六便士一打,看来写信人对信纸和信封都很讲究,没有写信人的地址。'今晚七时请到来西阿姆剧院外面左边的第三根柱子前等我。如果您心存疑虑,请带两位朋友一同来。您作为一位受到伤害的小姐,一定会讨还公道。千万别带警察来,否则我不会跟您见面的。您的不愿透露姓名的朋友。'这真是一件稀奇古怪又有趣的事,莫斯坦小姐,您有什么打算?""我正想向您请教。""一定得去。您和我,还有——对了,华生大夫是咱们的第二个朋友,他一直和我在一起工作。"她用恳求的表情看着我,向福尔摩斯问道:"但是他愿意去吗?"我热情地说:"能为您效劳,我深感荣幸。"她说道:"你们这么仗义,我很感激。我很孤独,没有朋友可以相托。我六点钟到这里来,行吗?"福尔摩斯道:"可是不能晚了。还有,这封信和寄珠子的小盒上的笔迹一样吗?"她拿出六张纸来说道:"都在这里。"

"您考虑得很详细,在我的委托人里,您可以算是模范了。让我们看一看吧。"他把信纸铺在桌上,一张一张地对比,继续说道:"除了这封信以外,笔迹全是伪装的,都出自一个人的手笔,这是肯定的。您看这个希腊字母 e 多么突出,再看字末的 s 字母的弯法。莫斯坦小姐,

我不愿给您无谓的希望,但我想了解,这些笔迹和您父亲的相比较,有没有相似的地方?""丝毫不同。""跟我想的一样。我们在六点钟等您。请把这些信留下,我要再研究一下,现在只有三点半钟,再会吧。"我们的客人答道:"再会。"她又用和悦的目光看了我们两人一眼,就把盛珠子的盒子放在胸前,快步走了。我站在窗前看着她轻快地走向街头,直到看不见她那灰帽上的白羽毛为止。

我回头向福尔摩斯说道:"她真是一位美丽的姑娘!"他已经重新点燃了烟斗,靠在椅背上,闭着眼睛,无力地答道:"是吗?我没注意。"我嚷道:"你真是个机器人,一架计算机!有时你简直不是人!"

他和蔼地微笑道:"不要让一个人的外表影响你的判断力,这是最重要的。一个委托人,对我来说只是一个符号——问题里的一个因素而已。感情会影响理智的。一个我一生所见过的最漂亮的女人,曾经为了获取保险金而毒死了三个孩子,结果被判死刑;可是我认识的一个最讨人嫌的男子,却是一个十分慷慨的人,为救助伦敦的贫民而捐出了二十五万英镑。""但是,这一次……"

"我向来不信任何例外,原则没有例外。你对笔迹有过研究吗?对于这个人的笔迹你有什么看法?"我答道:"写得还够整洁,是一个个性坚毅的人留下的。"福尔摩斯摇头道:"你看他写的长字母都没有一般字母高,那个 d 字像个 a 字,还有那个 l 像个 e,性格坚强的人写字不管怎么难看,字的高矮却都是明显的,他的 k 字写得不一样,大写的字母倒还整齐。我要出去了,还有些问题要搞清楚。让我介绍给你一本书——一本最出色的著作,这是温伍德·瑞德写的《成仁记》,你先看吧。我要出去一个小时。"我拿着书坐在窗前,但是我的思绪并没有放在书本上,而是还停留在方才来的客人身上——她的一颦一笑以及她所遇到的奇怪的事情。假如她父亲失踪时她才十七岁,那她现在就是二十

四签名

七岁了——由稚气迈向成熟的微妙的年龄。我就这样坐在那里冥思苦想,直到令人不安的幻想闯进我的脑海,因此我匆忙坐到桌前,研读一本最新的病理学论文,借以遏制我的胡思乱想。我是一个怎样的人?一个陆军军医,有一条残疾的腿,又不富裕,不能再幻想下去了。她只是案子里面的一个符号,一个因素而已——除此什么也不是。如果我的前途看不到光明,最好还是毅然独自承担吧,不要去胡思乱想,不要妄想自己的命运会出现转机吧。

寻求解答

直等到五点半钟,福尔摩斯才赶回来。他精神焕发,兴奋异常——可见他已找到解开难题的钥匙了。他接过我给他倒的一杯茶,说道:"这件案子并不难解,这些事实似乎只有一个答案。""天啊!你已经弄清楚真相了吗?""目前还不能这么说。但是我已经发现了一个有提示性的事实,这是一个极重要的线索,当然还需要把一些细节联系起来。我刚刚从以前的《泰晤士报》上面找到住在上诺伍德的前驻孟买陆军第三十四团的舒尔托少校在一八八二年四月二十八日去世的讣告。"

"福尔摩斯,或许我太笨,但我不认为这个讣告对本案有什么提示的作用。""没想到你真的理解不了,那你就听我讲吧。莫斯坦上尉失踪了。在伦敦,他只有舒尔托少校一个朋友,可是舒尔托少校竟说根本不知道他曾来伦敦。四年以后,舒尔托死了。他死后不到一个星期,莫斯坦上尉的女儿就收到一份贵重的礼物,以后每年收到一份。现在又收到了一封说她受到了伤害的信。她除了丧失了自己的父亲之外,还有什么伤害呢?另外,仅仅在舒尔托死后的几天里,就开始有礼物寄给她。想必是舒尔托的继承人知道其中的秘密,想要用这些礼物来弥补他们的前辈犯下的罪行。你还有什么其他看法吗?""为什么这样弥补罪过呢?方法太奇特了!再说,他为什么直到现在才写信,而不在六年以前呢?还有,信上说要给她公道,她可以得到什么公道呢?如果她父亲还活

四签名

着,那可太不可思议了。可是你又不知道她还受过什么别的伤害。"

"的确有一些令人费解的地方。"福尔摩斯沉思着,"但是今天晚上咱们去一趟,不就都明白了吗?啊,来了一辆四轮马车,莫斯坦小姐正在里边。准备好了吗?咱们赶紧出去,时间已经有些晚了。"

我戴上帽子,拿了一根最粗重的手杖,福尔摩斯从抽屉里拿了一支手枪放进衣袋里。这说明他料到今晚的工作或许要冒些危险。

莫斯坦小姐身穿黑衣,戴条围巾,虽然看上去还算镇定,可脸色却显得苍白。假若她对于我们今晚奇特的冒险不以为然的话,她实在比平常女人更坚强。她能够完全控制住自己的感情,对于歇洛克·福尔摩斯所提出的几个新问题,她马上就回答出来了。她说:"舒尔托少校和爸爸是特别要好的朋友。以前爸爸的来信里面常常提到少校。他们同是安达曼群岛的军官,所以他们总在一起。还有,在我爸爸的书桌里发现过一张没人能看明白的字条,我不知道是否和本案有关,但也许您愿意看一看,所以我把它带来了。给您。"

福尔摩斯把纸小心地打开,铺平在膝盖上,然后用双层放大镜仔仔细细、上上下下地观察了一遍。他说:"这纸是印度的土产,过去曾经被钉在板上。纸上的图好像是一所大建筑的图样的一部分,里面有许多大房间、走廊和甬道。中间一点是用红墨水画的十字,在这上面用铅笔模糊地写着'从左边3.37'。纸的左上角有一个神秘的怪字,像四个十字形连接在一起。旁边用极粗劣的笔法写着'四个签名——琼诺赞·斯冒,莫郝米特·辛格,爱勃德勒·科汗,德斯特·阿克勃尔'。我现在还不能推断出这张纸条和本案有什么关系,但毫无疑问这是一个重要文件。这张纸曾经被小心地保存在皮夹里,因为两面同样干净。"

四签名

"这是我们从他的皮夹里找到的。""莫斯坦小姐,把纸条收藏妥当吧,可能以后我们还要用到它。现在我觉得这个案情比我最初所想象的要复杂得多,我要重新考虑一下。"说着他仰靠在车座靠背上,眉头紧锁,目光呆滞。我看出他在沉思。莫斯坦小姐和我轻声聊天,聊到我们目前的行动和可能产生的结果,但是我的伙伴却始终保持缄默,最后我们抵达了旅程的终点。

这是九月的傍晚,还不到七点钟,天空灰暗压抑,层层浓雾把整个城市罩得严严实实。街道上泥泞不堪,空中黑云压城,伦敦河滨马路上的路灯用微弱得像萤火一样的光照着满是泥泞的人行道。淡淡的黄色灯光从两旁店铺的玻璃窗里射出来,穿过迷雾,照到车马拥挤的大街上。我暗忖:行走在这灯光闪闪的大路上的人们,有的欢喜,有的忧怨,有的痛苦,有的快活——其中又包含着怪诞离奇的故事,就如人这一生,由黑暗走向光明,又从光明返回黑暗。我虽然并非容易触景伤情的人,但是这个压抑的夜晚和我们将要遇到的怪事,使我不由得紧张起来。我从莫斯坦小姐的表情中看得出来,她和我怀有同感。只有福尔摩斯不受外界的干扰,他借着怀中手电筒的微光,在记事簿上不断地写字。

莱西厄姆剧院两旁入口处已经拥挤不堪。双轮和四轮的马车像不断地辚辚而至。穿着礼服露着白衬衣的男子和身着披肩、珠光宝气的女人,从车上鱼贯而下。我们刚刚走到约定的第三根柱子附近,一个身材矮小、面貌黝黑、一身马车夫装束的粗壮男子就走过来,向我们打招呼。他问道:"你们是同莫斯坦小姐一块来的吗?"她答道:"我就是莫斯坦小姐,他们是我的朋友。"那人目光炯炯地逼视着我们,一字一顿地说道:"小姐,请原谅,请您保证他们不是警察。"她答道:"我可以保证。"

他撮起嘴唇吹了一声口哨,就有一个流浪者引着一辆四轮马车来到

我们面前。小个子开了车门,跳到车夫的座上,我们陆续上车,还没有坐稳,马夫已经扬鞭催马,迅速地在雾气迷蒙的街道上前进了。

我们处在一个离奇的环境之中。既不知道上哪里去,又不知道去做什么。如果说是被人愚弄吧,又似乎不像,想来还不至于白跑一趟,总可以有些收获的。莫斯坦小姐的态度还是像以前一样的坚强和镇静。我竭力设法鼓励和安慰她,我给她讲起我在阿富汗探险的故事来鼓励她,然而实际上,我自己也在这个难以预料的事件中惶惑不安,以致我所讲的故事显得杂乱无章。直到今天,她还把我讲给她的那个生动的故事当做笑料呢:我怎样在深夜里用一支双筒猎枪打死了一只钻到帐篷里来的小老虎。一开始,我还能辨别我们所走的道路,不久,因为路远雾浓,再加上我对伦敦地理的不熟悉,我就迷失了方向,除了路途遥远以外,其余的我就一概不知了。福尔摩斯没有迷路,凡是车子经过的地方,他都能喃喃地说出地名来。

他道:"罗奇斯特路,这是文森特广场。现在我们是在从沃克斯豪尔桥路走向萨利区去。对,正是这样。我们现在上桥了,你们可以看见河水波光粼粼。"

我们果然看见了灯光下的泰晤士河。马车仍在向前奔驰,不久就到达河对岸的街道上了,但我仍是辨不清方向。福尔摩斯又道:"沃兹沃斯路,修道院路,拉克豪尔街,斯陶克维尔街,罗伯特街,冷港街,我们不像是向着高尚区域去的。"

我们的确到了一个可疑而且可怕的地方。在街角看到一些粗俗、耀眼的酒肆以前,路两旁一直都是连续不断的暗灰色的砖房。然后是几排两层楼房的住宅,每幢楼前有一个小花园,夹杂着一些砖造的新楼房——这个大城市在郊区扩建的新区域。终于,车子在新巷的第三个门前停住了。其他的房子还没有人住,而我们面前的这幢房子,除了从厨

四签名

房窗户里射出的一线微光外,也跟其他的房子一样黑暗。我们敲门以后,马上就有一个头戴黄色包头、身穿宽大白袍、系着黄色带子的印度仆人开了门。在这个普通三等郊区住宅的门前出现了一个印度仆人,多少有些不协调。

他道:"我的主人正在等候。"他还没有说完,就有人从屋内高声喊道:"吉特穆特迦,请他们进来,请他们到我这里来。"

秃头男人的故事

我们跟着印度人进去,通过一条普通而又杂乱、灯光昏暗、陈设简陋的过道,一直走到右边的一扇门前。仆人把门推开,从屋内射出黄色的灯光,灯光下站着一个个子不高的秃头顶的人,他光亮的头顶下,长着一圈红色头发,宛如枞树丛中突然冒出一座寸草不生的秃山。他正站在那里搓着双手。他的神态千变万化,一会儿咧嘴微笑,一会儿又愁眉不展,没有片刻安静。他长着下撇的嘴角,下垂的嘴唇,一口参差不齐的黄牙虽然被他时常用手遮住,那丑脸也还是被人瞧得一清二楚。他虽然已经秃头,其实还很年轻,实际上他刚过三十岁。

他高声重复着:"莫斯坦小姐,我愿为您效劳。先生们,我愿为你们效劳。请到我的小屋子里来吧。房间很小,小姐,但这陈设是我最喜爱的。这是荒凉的伦敦南郊沙漠中的一个小小的文化绿洲。"

我们对这间屋子的布置都甚感惊奇。屋子的布局和陈设显得非常突兀,好像一颗光芒四射的钻石镶在一个铜托子上。窗帘和挂毯都极华美考究,中间露出来精美的画镜和东方的花瓶。又厚又软的琥珀色和黑色的地毯,脚踩在上面感到非常柔软、舒适,就像踏在如茵的草地上一样。上面还铺着两张大虎皮。屋角的席子上摆着一只印度大水烟壶,更透出雍容华贵的东方风情。屋顶当中隐隐有一根金色的线,下面吊着一盏鸽子形状的银色挂灯。灯火燃烧的时候,空气中弥漫着清香的气息。

这矮小的人仍然是心神不定,微笑着自我介绍道:"我的名字叫塞迪厄斯·舒尔托。您当然是莫斯坦小姐喽,这两位先生……""这位是歇洛克·福尔摩斯先生,这位是华生医生。"他兴奋地喊道:"啊,一

四签名

位医生？您带听诊器来了吗？我可不可以请求您——您能不能给我听一听？劳驾吧，我心脏的僧帽瓣不太好。我的大动脉还行，可是对于我的僧帽瓣，请您给我一点儿宝贵的意见。"

我听了听他的心脏，除去他由于惊慌而全身颤抖以外，什么毛病也没有。我道："心脏很正常，不必着急，您就放心好了。"他轻轻地说道："莫斯坦小姐，请您原谅我的莽撞，我常常难受，总疑心我的心脏有毛病。既然没事，我很高兴。莫斯坦小姐，您的父亲如果能克制自己，不伤到心脏，他也许能活到现在。"

我不禁怒从心头起，真想狠狠地朝他的丑脸打上一拳。这样的话，是不能这样直截了当地说出口的啊！莫斯坦小姐坐了下来，面色惨白。她说道："我心里早已明白我父亲已经不在人世了。"他道："我能告诉您一切，并且还能主持正义，无论我哥哥巴索洛谬说什么，我也是要主持正义的。今天您和您的两位朋友一起来，我真高兴，他们两位不只保护您，还可以对我所要说的和所要做的事做个见证。咱们三人可以共同对付我哥哥，可是咱们不让外人参与——不要警察或官方。咱们可以完满地自己解决自己的问题。如果把事情公开，我哥哥是绝不会同意的。"他坐在矮矮的靠椅上，用失神的蓝眼睛泪汪汪地望着我们，等待着我们的回答。

福尔摩斯道："我可以向您保证，无论您说什么，我都不会向别人透露半个字。"我表示同意。他道："那太好啦！那太好啦！莫斯坦小姐，我可不可以请您喝一杯香槟酒或是透凯酒？我没有别的酒。我开一瓶好不好？不喝？那好，请允许我抽这种散发着柔和的东方香味的烟吧。我太紧张了，我的水烟是最好的镇定剂。"他燃上大水烟壶，烟从烟壶里的玫瑰水中徐徐冒了出来。我们三人环坐成一个半圆圈，伸着头，两手托腮。这个奇怪而又激动不安的小矮人，顶着光光的脑袋，坐在我们中间，惶恐不安地吸着烟。

福尔摩斯探案全集

他说道:"当我决定和您联系的时候,本想告诉您我的住址,可是恐怕您不了解我的想法,带了不合适的人前来,所以我才安排我的仆人先和你们见面,我深信他随机应变的本领,叮嘱他如果情形不对,就不要带你们来。相信您能原谅我事先这么周密的布置,因为我不愿与人交往,我是个个性孤傲的人,我觉得警察可称得上是最粗俗的一类人了。我的生活,你们可以看到,充满了高雅的气氛,我认为自己可算得上是个艺术鉴赏家了,这是我的嗜好。那幅风景画确实是高罗特的亲笔画,有的鉴赏家也许会怀疑那幅萨尔瓦多·罗萨的作品的真伪,可是那幅布盖娄的画确是真品。我非常欣赏现在的法国派。"

莫斯坦小姐道:"舒尔托先生,请原谅我。我被请来是因为您有话要说,时间已经很晚了,我希望咱们的谈话愈简短愈好。"他答道:"我想还要费些时间,因为咱们还要一同到诺伍德去找我哥哥巴索洛谬去。咱们都要去,我希望咱们能打败他。他不同意我合情合理的做法,他对我很不满意,昨晚我们两个曾经争辩了很长时间。你们想象不出他愤怒的时候,是多么不好对付。"

我忍不住插嘴道:"如果咱们还要去诺伍德,最好马上就去。"他笑得耳根发红后,说道:"这不太合适,如果我突然陪你们去,我不知道他会说些什么。我们现在还不能走,因为我要预先准备好,谈谈咱们双方的处境。首先我得告诉你们,这件事里有几处连我自己也还没弄明白,我只能把我所知道的告诉你们。

"也许你们能想到,我的父亲就是过去印度驻军里的约翰·舒尔托少校。他大约是在十一年前退休后搬到上诺伍德的樱沼别墅来住的。他在印度发了大财,带回一大笔钱和一批贵重的古玩,还有几个印度仆人。条件具备了,他就买了一幢房子,过起了富足的日子。我和巴索洛谬是孪生兄弟,我父亲只有我们这两个孩子。

"至今我还清楚地记得莫斯坦上尉的失踪所引起的社会轰动,详情

四签名

是从报纸上读到的。因为我们知道他是父亲的朋友,所以常常自由自在地在父亲面前谈论这件事。他有时也和我们一起猜测这件事是怎么回事,我和哥哥却一点也没想到父亲心里埋藏着一个秘密——只有他一个人了解亚瑟·莫斯坦最后的结果。

"可是我们也知道一些秘密——有些恐怖的事——藏在我父亲心里。他平常不敢一个人外出,还雇了两个拳击手为樱沼别墅守门。今天给你们赶车的威廉就是其中的一个,他过去是英国轻量级拳击赛的冠军。我父亲从来没告诉我们他所怕的是什么,他对装有木腿的人却加倍小心。有一次他用枪打伤了一个装木腿的人,后来证明这人是个来招徕生意的一般商贩,我们赔了一大笔钱。我哥哥和我从前认为这也许是我父亲的一时冲动,后来又接二连三地发生了一些事,我们才改变了看法。

"一八八二年春天,我父亲接到了一封印度来信,这封信给了他极大的打击。他读完这封信后几乎晕倒在餐桌上,从那天起他就一病不起,一直到他去世。信里写的是什么,我们从来也不知道,只是当他拿着这封信看的时候,我们看见信很短,而且字迹潦草。他患脾脏肿大的病已多年,这么一来,病情迅速恶化。到四月底,医生断定他将不久于人世,便让我们到他床前听他最后的遗嘱。

"当我们走进房间的时候,他正气喘吁吁地倚在高枕上面。他让我们锁上门,到床边来。他紧握着我们的手,病痛难忍加上感情冲动,因此费尽力气、上气不接下气地给我们讲了一件令人非常惊讶的事。我现在拿他自己的话来向你们复述一遍。

"他说:'我快死了,但我的心一直被一件往事紧紧压住,透不过气,那就是我对莫斯坦的遗孤所犯下的一件令人痛心的罪行。由于我的一生都无法饶恕的贪心,使她没能得到这些宝物——其中至少一半是属于她的,但我却从没动用过这些宝物。贪婪真是愚蠢至极的行为。一想到宝物就藏在我身边,我就感到很满足,怎么也舍不得分给别人。你们

看,在盛金鸡纳霜的药瓶旁边有一串珍珠项链,虽然是我专门为她而准备的,然而我还是没舍得给她。孩子们,你们应当把阿格拉宝物公平地分给她,可是在我死以前决不要给她——就是那串项圈也别给,因为即使病重到这种地步,也许还有康复的希望呢。'

"他继续说:'让我告诉你们莫斯坦是怎样死的。他多年以来心脏一直不太好,可是他从不告诉别人,只有我知道。在印度的时候,我和他有过一系列的奇遇,得到了很多宝物。我把这些宝物带回了英国。在莫斯坦到达伦敦的当天晚上,他就跑到这里来要他应得的那一份儿。他从车站一直走到这里,是由现已死去的忠心老仆拉尔·乔达开门请进来的。莫斯坦和我之间因为平分宝物意见不一,争论激烈,莫斯坦勃然大怒,从椅子上一跃而起,接着他就用手捂住胸部,脸色难看得吓人,往后便倒,不巧头撞在箱子坚硬的一角。我弯腰扶他起来,他不知怎么竟然死了,我吓坏了。

"'我在椅子上坐了好久,神思恍惚,不知所措。开始时我也想要报警,然而转念一想当时的情形,我恐怕无法避免会被指控为凶手。他是在我们争论时断气的,他头上的伤对我更是不利。还有,在法庭上肯定要追查宝物的来龙去脉,这更是我要特别保密的。莫斯坦告诉我,谁也不知道他来这里。因此这件事似乎没有必要叫别人。

"'当我还在反复考虑这件事的时候,猛一抬头,看见仆人拉尔·乔达站在门口。他悄悄地走了进来,回手把门闩上,说道:主人,别害怕。谁也不会知道你害死了他。咱们把他藏起来,不会有人知道的。我道:我没有害死他。拉尔·乔达摇头笑道:主人,我都听见了,我听见你们争吵,也听见他倒了下去,但我一定严守秘密。家里的人全都睡着了。咱们把他掩埋起来吧。我下决心这么做了。连我自己的贴身仆人都认为是我杀了人,我还能希望十二个坐在陪审席上的愚蠢商人会宣告我无罪吗?拉尔·乔达和我当天晚上就把尸体掩埋了,过了几天,伦敦各

四签名

家报纸都登了莫斯坦上尉失踪的消息。现在你们知道了,莫斯坦之死并不怨我,我只错在藏尸之后还藏起了宝物,除了自己应得的一份,还侵占了莫斯坦的宝物。因此,我想让你们把他那份归还给他女儿。你们把耳朵凑到我的嘴边来。宝物就藏在……'

"话还没有说完,他脸色骤变,两眼凝视着窗外,他的下颏下坠,用一种令我永生难忘的声音叫道:'赶走他!一定要……一定要赶走他!'我们一齐回头看那窗户。黑暗里有一个凶神般的面孔正注视着我们。我们可以看见他那在玻璃上被压得变白的扁鼻头。满脸是毛,两只凶狠的眼睛,还有恶狠狠的表情。我们兄弟二人赶紧冲到窗前,可是那个人转眼就消失了。再回来看我们的父亲,他的脑袋耷拉下来,已经停止了呼吸。

"我们当晚搜查了花园,除了窗下花床上的一个新鲜的脚印以外,那个人并未留有其他痕迹。如果仅凭这一个脚印,我们或许还以为那张凶恶的脸是出自于我们的幻想,但是很快,我们就得到了更准确的证据,原来就在我们近旁,有人已在神秘地活动。我们在第二天早晨发现父亲卧室的窗户大开,卧室里的橱柜和箱子全都被翻查过了,在他的箱子上钉着一张破纸,上面十分潦草地写着:'四个签名'。怎样解释这句话,秘密来过的人是谁,到现在我们也不知道。我们所能断定的只是:虽然所有的东西全都遭到了搜查,但他们并没盗走我父亲的财宝。我们兄弟二人自然会联想到,这件事与他平时战战兢兢的样子大有关联,但是仍然破解不了这桩疑案。"

小矮人重新点着了水烟壶,若有所思地连吸了几口。我们围坐在那里,聚精会神地听他讲述这个离奇的故事。莫斯坦小姐在听到关于她父亲突然死亡的那一段话时,脸色白得吓人。为防止她晕厥,我轻轻地从旁边桌上的一个威尼斯式的水瓶里倒了一杯水给她喝,她才恢复过来。歇洛克·福尔摩斯靠在椅子上闭目沉思。当我看着他的时候,我不由得

想到：今天他还说人生烦闷平庸呢，这回至少有一个问题将要对他的智慧做一次最大的考验。塞笛厄斯·舒尔托先生对我们这个看看那个瞧瞧，对于他对故事的叙述所给我们的影响，他俨然非常自豪，他继续吸着水烟壶又接着说了下去。

"你们能想象到，我哥哥和我由于听到宝物的事，全都非常兴奋。经过好几个礼拜，乃至好几个月的时间，我们把花园的每个角落全都挖掘遍了，却一无所获。想到这些宝物收藏的地点竟被他带去了另一个世界，我们简直要发疯了。我们从那个拿出来的项圈就可以推想到这批未找到的宝物是多么巨大的一笔财富。关于这串项圈，我的哥哥巴索洛谬和我也讨论过。这些珠子无疑是非常值钱的，他也有点舍不得。当然，在对待朋友时，他也有像我父亲一样的缺点。他又想到，如果把项圈送人，可能会引起无谓的闲话，最后还可能带给我们麻烦。我却竭力劝我哥哥由我先把莫斯坦小姐找到，然后每隔一定的时间拆下一颗珠子寄给她，这样至少也可以接济一下她的生活。"

我的同伴真心诚意地说道："真是太好了，您这样做真是太令人感动了。"

这矮小的人不经意地摆摆手："我认为我们只是你们财产的保管员罢了，但我哥哥却不这么认为。我们自己有很多财产，我也不奢求更多。再说对这位年轻小姐做出卑鄙的事也良心不安。'鄙俗为万恶之源'这句法国谚语是很有道理的。由于我们两个意见不统一，最后只能分开住。一个印度仆人和威廉跟随我离开了樱沼别墅。昨天我了解到一件极其重要的事情：宝物已经找到了。我马上联系到了莫斯坦小姐，现在咱们要做的只剩下去诺伍德向我哥哥追讨那份应得的宝物了。昨天晚上我已经对他说过了我的看法。也许他不欢迎我们，可是他答应在那里等着咱们。"

塞迪厄斯·舒尔托先生把话说完，就坐在矮椅上不停地抖动手指。

四签名

大家都一言不发，我们都在想这个奇异事件将如何发展。福尔摩斯第一个站了起来。他说："先生，您从头到尾做得都非常出色，也许作为报答我们还可以告诉您一些您还不知道的事情呢。可正如莫斯坦小姐方才所说的，时候不早了，办正事要紧，马上行动吧。"

小矮人盘起水烟壶的烟管，从幔帐后面拿出一件羔皮领袖的又长又厚的大衣。尽管天气很闷热，他却从上到下紧紧地扣上了纽扣，又戴了一顶兔皮帽子，用帽沿遮住耳朵，只剩下一张瘦脸露在外面。当他领着我们走出过道的时候，他道："我的身体太弱，就像一个病人。"

我们的车已在外面等候，显然早已做了准备，因为车夫立即驾车急驰起来。塞迪厄斯不断地说话，声音高过了车轮的辚辚声。

他说道："巴索洛谬聪慧过人。你们知道他是怎样找到宝物的？他最后判定宝物是藏在室内。他极其小心地计算了整幢房子的容积，包括每个小角落，连一英寸都不放过。他最后发现了这所楼房的高度是七十四英尺，他把所有房间的高度都分别衡量了，用钻探方法，确定了楼板的厚度，再加上室内的高度，总共也只有七十英尺。相差四英尺。这个差别只有到房顶上去找。他在最高一层房屋的天花板上打穿了一个洞。在那儿，果然，上面有一个封闭着的、谁也不知道的阁楼，在天花板中央的两根橡木上就摆着那个宝物箱。他把宝物箱从洞口取了下来，找到了里边的珠宝。他估计这批珠宝的总价值不少于五十万英镑。"

听到这个巨大的数目，我们都睁大了眼睛互相望着。如果我们能够代莫斯坦小姐争取到她应得的那一份，她将立刻由一个贫穷的家庭教师变成英国最富的继承人。当然，她的忠实的朋友们全都应当替她高兴，可是我……十分惭愧，我的心里却难受起来，自私像一块沉重的石头压在了我的心上，我语无伦次地祝贺了她几句，然后垂头丧气地坐在那里，低头不语，后来甚至连塞迪厄斯所说的话也充耳不闻了。他显然患有忧郁症，我模糊地记得他似乎说出了一大堆病症，并从皮夹里取出一

大沓子秘方，请教我对这些秘方的看法。我真希望他把我那天晚上对他的回答忘得一干二净。福尔摩斯还记得听到我叮嘱他不要服用两滴以上的蓖麻油并建议他服用大剂量的番木鳖硷作为镇定剂。无论如何，直到车骤然停住，马车夫跳下车来把车门打开的时候，我才长长地出了一口气。

当塞迪厄斯·舒尔托先生扶她下车的时候，他说道："莫斯坦小姐，樱沼别墅到了。"

四签名

发生在别墅里的惨案

我们到达冒险历程的终点的时候,已经将近十一点钟了。伦敦的迷雾已经消散,夜色分外澄澈。和暖的西风调皮地拨开乌云,月亮在云端露出半张皎洁的脸蛋,已经能看清远处的景物了。可是塞笛厄斯·舒尔托还是拿下了一只车灯,以便把路照得更亮一些。

樱沼别墅建筑在一片广场上面,四周是很高的石墙,墙头上面插着玻璃碎片。一个狭窄的钉有铁夹板的小门是唯一的出入口。我们的向导砰砰地敲了两下门。

里边传出一个粗鲁的声音:"谁?""是我,迈克默多。这时候来这儿的还能有谁?"里边传出了埋怨的声音,接着有钥匙开门的响声。门向后敞开,走出个矮小而健壮的人,提着灯笼,站在门内。黄色的灯光照着他向外伸着的脸和两只多疑的眼睛。"塞迪厄斯先生,是您吗?他们是谁?不经主人的准许,我不能让他们进来。""不能请他们进来?迈克默多,岂有此理!我昨天晚上就告诉了我哥哥今天要陪几位朋友来。""塞迪厄斯先生,他今天一整天都没有离开屋子,我也没有听到吩咐。他的规矩您是知道的。您先进来,请您的朋友们再等一小会儿吧。"

塞迪厄斯·舒尔托瞪着他,显得很尴尬。他喊道:"你太不像话啦!我替他们担保还不行吗?这里还有一位小姐,总不能让她深更半夜地站在大街上啊。"

守门的仍然不让步:"塞迪厄斯先生,实在对不起,这几位也许是您的朋友,可不是主人的朋友。主人给我工钱就为的是让我尽到守卫的

本分，我应当尽到我的职责。您的朋友我哪个也不认得。"

福尔摩斯和善地说："麦克默多，你一定认得我呀！我想你不会忘了我的。你还记得四年前在爱里森场子里为你举行拳击赛，和你打过三个回合的业余选手吗？"这个拳击手嚷道："是不是歇洛克·福尔摩斯先生？天哪！我怎么会认不出来呢？您要是给我的下巴来上您那重重的一拳，而不是一声不出的话，我早就认出您来啦。啊，您是有拳击天才的，可惜没有坚持下去。真的！如果您继续练下去，您的前途是不可限量的呀！"福尔摩斯向我笑道："华生，你看，就算我什么也干不成，至少我还能找到一份工作呢。咱们的朋友不会让咱们在外边挨冻的。"他答道："先生，请进来吧！您的朋友也进来吧！塞迪厄斯先生，真是对不起，主人要求严格，不知道您的朋友是谁，我不能请他们进来。"

进门后就是一条曲折的铺满石子的小径，一直通到隐藏在树丛中的一所方正的平常的大房子门前。树叶遮蔽下的房屋显得阴森恐怖，只有一缕寒冷的月光照在房子一角的顶楼上面的窗子上。又大又空的房子阴沉凄冷得使人汗毛竖立，就连塞迪厄斯·舒尔托也显得紧张起来，提灯在他手里直颤动。

他说道："我真不明白，一定出了什么事。我明明告诉过巴索洛谬，咱们晚上来，可是他的窗户一片漆黑，我真不知道这是怎么一回事！"福尔摩斯问道："他平常就这样防备吗？""是的，他承袭了我父亲的习惯。您知道，我父亲最喜爱他，我有时还想，也许我父亲告诉他的话比告诉我的多。月光照着的就是巴索洛谬的窗户。窗户很亮，但那是被月光照的，我想里边没有点灯。"福尔摩斯道："里边是没有灯光，可是在门旁的那个小窗里有灯光闪亮。""啊，那是女管家的房间。就是博恩斯通老太太房间的灯光。她会告诉咱们一切情况的。请你们在此等一下，因为她事先不知道，如果咱们一同进去，会使她惊讶的。可是，嘘！那是什么？"他高高举起了灯，手抖得使灯光左右摇晃。莫斯坦小

四签名

姐紧握着我的手腕,我们极其紧张地站在那里,心怦怦地猛跳,竖起耳朵倾听。深夜里,从这所巨大漆黑的房子里突然发出一阵阵恐怖刺耳的女人尖叫声。塞迪厄斯说道:"这是博恩斯通太太的声音,只有一个女人在这所房子里。请在这儿等我,我马上就回来。"他快步跑到门前,用他习惯的方法敲了两下。我们看见一个身材高大的妇人,好像见了亲人一般冲出来,请他进去了。

"哦,塞迪厄斯先生,您来得太好啦!您来得太及时啦!哦,塞迪厄斯先生!"这些喜出望外的话,一直等到关上门以后,还能隐隐约约听到。

福尔摩斯提着向导给我们留下的灯笼,慢慢地、仔仔细细地查看着房子的四周和堆积在空地上的大堆垃圾。莫斯坦小姐和我站在一起,我们两个的手紧紧握在一起。爱情真是一件不可思议的事情。我们两人以前从不相识,今天双方也没有说过一句有关感情的话,可是现在共同患难,我们的手却不约而同地紧握在一起。后来我常常觉得这事非常有趣,不过当时的动作似乎是出于自然而不是自觉,后来她也经常告诉我说,当时她自己的感觉是:只有在我身边才能得到安慰和保护。我们两人如同小孩一样,手拉着手站在一起,忘了周围危机四伏,心里反倒无所畏惧。她环望四周说道:"好一个奇怪的地方!""好像全英国的鼹鼠都集中到这里来了。我只在柏拉莱特附近的山边看见过相同的景象,当时那里正在钻探。"

福尔摩斯道:"这里也是因为寻找宝物才被多次的挖掘弄成这样的啊。你别忘了,他们用了六年的工夫来寻找。难怪这里好像砂砾坑一样。"这时候房门忽然打开,塞迪厄斯·舒尔托冲了出来,两手向前,眼神里充满了恐惧。

他叫道:"巴索洛谬一定出事儿了!吓死我了!我的神经受到了过度的刺激。"他确实惊恐万状。他那从羔皮大领子里露出来的痉挛的、

面无人色的脸上的表情就像一个惊慌失措奔逃求救的小孩子一样。福尔摩斯坚定有力地说道:"咱们进屋里去!"塞迪厄斯恳求道:"请进去!请进去!我真不知该怎么办了!"

我们跟着他走进甬道左边女管家的屋子里。这个老太太正心惊肉跳地在屋里踱来踱去,可是一看见莫斯坦小姐就好像得到了抚慰似的。

她激动地向莫斯坦小姐哭诉道:"老天爷,看您这副温柔安静的相貌多好!见到您,我觉得好多了!我这一天呀,真是受够了!"

福尔摩斯轻轻地拍抚着她满是皱纹的手,低声地说了几句温柔的、安慰她的话。老太太苍白的脸渐渐地有了血色。她解释道:"主人反锁房门,也不和我搭话。一整天我都在这里等他吩咐。他倒是常常喜欢独自一个人呆着,可是一个钟头以前,我担心出事,就上楼通过钥匙孔往里偷看了一下。您必须得上楼,塞迪厄斯先生,您一定要亲自看一眼。十年来,无论是巴索洛谬先生高兴还是悲伤,我都看见过,可是我从来没有见过他现在这副样子。"

歇洛克·福尔摩斯提着灯在前面走,塞迪厄斯吓得上下牙直打架,两腿发软,幸亏我在旁搀扶,才一同上了楼。福尔摩斯上楼时,两次从口袋里拿出放大镜,小心地察看那些留在楼梯地毯上的泥印。他慢慢地拾级而上,低低地提着灯,细细观察。莫斯坦小姐没有上楼,和饱受惊吓的女管家在楼下做伴。

上了三节楼梯,前面就是一条很长的甬道,一幅印度挂毯悬挂在右面墙上,左边有三个门。福尔摩斯仍旧一边慢走一边专注地观察着。我们紧随其后,身后长长的影子投在甬道上。我们要打开的是第三扇门,福尔摩斯使劲敲门,里面没有一点儿反应;他又旋转门钮,用力推门,还是打不开。我们把灯贴近门缝,看见里面是用很粗的门锁倒闩着门。钥匙已经扭转过,所以钥匙孔露出一部分。歇洛克·福尔摩斯弯下腰从钥匙孔往里看了看,立刻直起身子,倒吸了一口凉气。我从来未看见过

四签名

他如此激动。他说:"华生,这确实是有点可怕,你来看看这是怎么一回事。"

我从钥匙孔往里一看,像触电一样立刻缩了回来,淡淡的月光直照屋内,隐约中有一张好像挂在半空中的脸在注视着我,脸以下都浸在黑暗中。这张脸和我们的伙伴塞迪厄斯的脸一模一样,同样的光亮的秃顶,同样的一圈红发,同样的白脸,可是表情是死板的,露出一种可怕的狞笑,一种极不自然露出牙齿的笑。在这样沉寂和暗淡的屋里,看到这样一张脸,比看到愁眉苦脸的样子更令人毛骨悚然。屋里的脸同我们的矮个子朋友是如此的相像,我禁不住回过头来看看他是否还在身边。我忽然又想起来他曾经说过,他和他哥哥是双胞胎。

我向福尔摩斯说道:"这太吓人啦,怎么办呢?"他答道:"先把门打开。"说着就对着门撞过去,把全身重量都加到锁上。门响了响,但是没开。我们就一起合力猛冲,这次砰的一声,门锁断了,我们已进入了巴索洛谬的室内。

这间屋子摆设得像个化学实验室。对着门的墙上摆着两层堵着玻璃塞的玻璃瓶子。桌子上摆满了本生灯、试验管和蒸馏器。墙壁的角落里放着许多罩着藤络的盛着酸性液体的瓶子。其中一瓶已经破了,有一股黑乎乎的液体淌了出来。空气中充满了刺鼻的柏油味。屋子的一边,在一堆散乱的板条和灰泥上,支着一副梯子,梯子上面的天花板上有一个洞,刚好可以容一个人出入。梯子下面有一捆长绳,乱七八糟地扔在地上。

屋子的主人坐在桌子旁边的一张有扶手的椅子上,脑袋耷拉在左肩上,面带狞笑,他的身体已经僵硬,显然已死去多时了。看来他不只表情与众不同,而且四肢也缩成了一团,与平常死人相比显得太特别了。他一只手按在桌子上,旁边放着一个奇怪的家伙——一个粗糙的棕色木棒,上面用粗麻线绑着一块石头,像是一把锤子。旁边还有一张从记事

簿上撕下来的破纸，上边潦草地写着几个字。福尔摩斯拿起那张纸看了一眼，递给了我。

他扬起眉毛说道："你看看。"在提灯的照射下，我惊恐地看见上面写着"四个签名"。我问道："天哪，这，这是怎么回事呀？"他正弯腰查看尸体，答道："谋杀！啊！正如我所料，你看！"顺着他的手指，我看到尸体脑袋上的耳朵上方扎着一根黑色的长刺。我说："好像是一根荆刺。""就是一根荆刺。你可以把它拔出来。一定要小心，这是一根毒刺。"

我用拇指和食指把它捏了出来。荆刺刚拔出来，伤口就合拢了起来，除了一点点血痕表明伤口所在之外，没有留下任何痕迹。我说："这件事真是太离奇了，真是把我彻底弄糊涂了。"福尔摩斯说："恰恰相反，事情很清楚，如果我再弄明白几个环节，整个案情就真相大白了。"我们自从进屋以后早已把矮个子同伴丢在一边了。他还站在门口，一边浑身颤抖，一边唉声叹气，突然，他又发出了绝望的尖叫。

他说道："天哪，宝物全部不见啦！宝物都被他们抢走啦！我们就是从那个洞口里把宝物拿下来的，是我和他一起拿下来的！我是最后看见他的人！我昨晚下楼回去的时候，还听见他锁门呢。"

"那时是几点钟？""是十点钟。现在他死了，警察肯定会怀疑我是凶手，他们一定会这样认为的。可是你们二位不会怀疑我吧？你们一定不会以为是我把他害死的吧？如果是我害死他的，我怎么还会带你们来呢？唉呀，天哪！唉呀，天哪！我就快疯啦！"他暴跳如雷，浑身痉挛。福尔摩斯拍着他的肩，温和地说道："舒尔托先生，别怕，您不应该害怕。听我说，坐车去警署报案，要一切都配合警察工作，我们在这里等您回来。"小矮人目光呆滞，慢慢地点了一下头就跟跟跄跄地摸黑下楼了。

四签名

福尔摩斯的判断

福尔摩斯一边搓手一边对我说:"华生,现在咱们还有大约半个钟头的时间,不能浪费。我说过,这个案子差不多完全明白了,但是过于自信往往会弄出错误。现在看似简单,也许还有更玄妙的事在背后藏着呢。"我吃惊地问道:"简单?"他好像老教授在教导学生一样说道:"当然!请你坐在屋角那儿,以免把你的脚印跟证据混在一块。开始工作吧!第一个问题,这些人是如何进来的?怎么走的?从昨晚开始屋门就没有开过。窗户呢?"他提着灯往前走着,好像是自言自语地大声嘟哝着:"窗户从里面关得很紧,窗框也很牢固,两旁没有合叶。咱们把它打开。这附近也没有漏雨水的管子,离房顶也很远,但有人在窗台上站过。昨晚下过小雨,窗台上留下一个脚印。这儿有一个圆的泥印,地板上也有一个,桌旁又有一个。华生,看这儿!真是个好证据。"

我看了看那些清楚的圆泥印,说道:"这不是脚印。""这证据对我们来说更重要。这是一根木桩的印迹。你看窗台上是靴子印……一只后跟镶有宽铁掌的厚靴子,旁边是木桩的印迹。""那个装有木腿的人……""千真万确。可是另外还有一个人……一个灵巧能干的同伙。大夫,你能借着那面墙爬上窗台吗?"

我探头向窗外看去。清幽的月光依旧射在原来那个屋角上。我们离地至少有六丈高,溜光的墙面连一个能够插脚的地方都没有。我答道:"从这儿根本无法往上爬。"

"如果没有人帮忙,是爬不上来。可是假如有个同伙在这儿,用屋角的那条粗绳,一头系牢在墙上的大环子上,另一头扔给你,我想只要

你有足够的力气,就是装着木腿,也能抓着绳子爬上来的。采用同样的方法你也可以轻松地爬下去,然后你的同伙再把绳子拉上来,从环子上解下来,关上窗户,从里面拴上,再从来路逃走。"他指着绳子继续说道,"还有一个环节必须注意,那个装木腿的朋友虽然擅长爬墙,但不是一个娴熟的水手。他的手可比经常爬桅杆的水手的厚掌皮嫩多了。我用放大镜发现了多处血迹,在绳的末端更是明显。可以断定,他在顺绳而下的时候,因为速度极快竟把手掌皮磨掉了。"

我说:"听起来是这样的,但案情好像更复杂了。谁是他的同党呢?他又是怎么进来的呢?"福尔摩斯深深思索着说道:"对,还有那个同党!这个人更有趣,作案手段的确特别。他这个同党在我们国家又创造了一种新的犯罪方法——可是在印度有过先例,假如我没记错的话,在森尼干比亚出过同样的事。"我不停地问道:"那么到底是怎么进来的呢?门锁着,窗户又太高,难道是从烟囱进来的?"他答道:"我也觉得有这个可能,但是烟囱太窄,容不下一个人。"

我追问道:"究竟是怎么回事呢?"他摇头说道:"你总是跟不上我的思路。我告诉你多少遍了,排除所有不可能的因素之后,剩下的事——即使是极其怪异——就是事情的真相。咱们知道,他不是从门进来的,不是从窗户进来的,也不是从烟囱进来的。他也不会预先藏在屋里边,因为屋里没有地方可以藏身,那么他是从哪里进来的呢?"我嚷道:"他从屋顶那个洞进来的。"

"当然是从那个洞进来的,这一点毫无疑问。你给我提着灯,咱们察看一下上边的房间——就是到藏着宝物的那间屋子去。"他登上梯子,两手按住了橡木,翻身上了阁楼。他又弯腰伸手接过灯去,我也紧跟着上去了。这间屋顶阁楼大约有十英尺长,六英尺宽。橡木架成的地板中间铺了些板条,抹了一层灰泥。我们走路时必须踩在一根一根的橡子上。屋顶呈尖形,这是这所房子的真正屋顶,里面除了多年堆积的尘土

四签名

没有任何摆设。

歇洛克·福尔摩斯扶着斜坡的墙说道:"你看,这就是通向屋顶外面的暗门,我把这个暗门拉开,外面就是坡度不大的屋顶,第一个人就是从这儿进来的。咱们找一找,看他有没有留下什么有特点的证据。"他把灯往地板上照着,于是我又第二次看到他惊讶的表情。我往他所注视的地方看去,也被吓出一身冷汗。地上布满没有穿鞋的赤足脚印——清清楚楚,完完整整,可是只有成年人脚的一半大小。

我倒吸了一口冷气说道:"福尔摩斯,一个小孩子竟干了这样吓人的坏事!"他定了定神说道:"起初我也吓了一跳,但仔细想想这也没什么大惊小怪的。我本来应该想到的,只是一时疏忽了。这里没什么可看的了,咱们下去吧。"回到下面屋里,我赶紧问道:"你怎么分析这些脚印呢?"他急躁地答道:"华生,请你自己开动脑筋吧。你知道我的方法,努力揣摩,最后彼此验证结论也可增加一些经验。"我回答道:"我现在什么都分析不出来。"

他想也不想地说道:"不久就会全都清楚了。我想这里也许没有什么重要线索了,但是我还要看一看。"他拿出他的放大镜和皮尺,跪在地上。他又细又长的鼻子只差几英寸就贴在地面上了,那炯炯有神的眼睛滴溜溜地旋转,简直像只猫头鹰。他熟练敏捷地在室内测量、比较和观察着,那动作轻盈迅捷,悄无声息,活像一条优秀的猎狗在捕捉气味。我情不自禁地想到:这么精明的一个人,如果不把他的聪明才智用在维护法律上而投入到犯罪上的话,那该是多么可怕啊。他一面侦查,一面喃喃自语。突然他发出一阵欢呼声。

他说:"太棒了,答案就在这里。第一个人不小心踩到了木馏油上面。瞧,他的小脚印就在这东西的右边。这盛油的瓶子裂了,里边的东西流了出来。"我问道:"这又能提供什么线索呢?"他道:"没有别的,只不过他就快被咱们抓到了。我知道这样一个定理,一只狗凭着鼻子就

能找到气味的源头；狼群闻着味就能发现食物；那么一只受过专业训练的猎犬追寻这么刺鼻的木馏油的气味，简直是太容易啦。循着这条规律结果肯定是……但是，噢！警察来了。"沉重的脚步声、谈话声和关门的声音从下面传来。

福尔摩斯道："乘他们还没有上来，你用手摸一摸尸体的胳臂，还有他的两条腿，你有什么感觉？"我答道："僵硬得像块木头。"

"正是。是剧烈的'收缩'，比普通的'死后僵直'还要厉害，再加上扭曲的面部和狞笑，你有什么解释？"我答道："中了植物性生物碱的剧毒——一种类似番木鳖碱，能造成破伤风性症状的毒物毒死了他。""我一看见他肌肉强烈收缩的脸，就判断是中了剧毒。进屋后马上检查这毒物的来源，你也瞧见了我找到的那根很容易就扎进或射进他头皮的荆刺。似乎死者当时是端坐在椅子上的，你看那刺入的地方正对着天花板的洞。你再好好看看这根荆刺。"

我小心地把它拿在手里对着灯光仔细观察。这是一根又长又尖的黑刺，尖端上涂着一层发着亮光的已经风干了的胶状物，较钝的那一头是被人用刀削过的。他问道："是英国本地的荆刺吗？""肯定不是。""掌握了这些资料，你就应当能做出合乎逻辑的结论来。这是最主要的一点，剩下的就容易解决了。"

他说话的时候，脚步声已在过道里响起。一个穿灰衣的胖子走了进来。他长着一张红脸，身材魁梧，外凸的肿眼泡中间闪着一对小小的眼睛。身后紧跟着一个穿制服的警长和还在那里发抖的塞迪厄斯·舒尔托。他喊道："太不像话了，太不像话了！这些人都是谁？这屋子里简直热闹得跟养兔场一样了。"

福尔摩斯镇静地说道："亚瑟尔尼·琼斯先生，我想您肯定还记得我吧？"他喘着粗气说道："当然还记得！您是大雄辩家歇洛克·福尔摩斯先生。我忘不了您，忘不了您！我忘不了那次您是怎么向我们大谈

四签名

特谈主教门珍宝案的起因和推论结果的。您确实把我们带上了正轨,但是您不得不承认,那次破案是因为运气太好,而不是依靠您的指导。"

"那是一个很简单很容易破的案子。"

"啊,得了吧!得了吧!别不好意思承认。可是这是怎么一回事?太不像样子了!太不像样子了!事实都明摆着呢,不需要根据理论来推测了。真走运,我正为了别的案子来到诺伍德!报案时我正在分署。您知道这个人的死因吗?"福尔摩斯冷淡地答道:"啊,这个案子好像不需要我的理论。"

"不需要,不需要。可是我们还不能不承认,您有时讲得挺准。可是据我所知,门是锁着的,五十万镑的宝物不见啦。窗户呢?""关得很牢,不过窗台上有脚印。""好啦,好啦。如果窗户关着,这脚印又有什么关系,这是起码的常识。这个人也许是因为暴怒而死,可是珠宝又不见了。哈!我知道是怎么回事了,有时我也能急中生智呢。警长,你先出去,您,舒尔托先生,也出去,您的医生朋友可以留下。福尔摩斯先生,您看应该是这样的吧?舒尔托他自己承认过咋晚和他哥哥在一起。他哥哥因为盛怒,一命呜呼,于是舒尔托就借机把珠宝拿走了。您意下如何?""这个死人还很谨慎地起来把门倒锁上。"

"哼!这确实有些矛盾。咱们依据常识来想想看。我们已经知道这个塞迪厄斯曾同他哥哥吵架,我们还知道他哥哥死了,珠宝没了,而塞迪厄斯是最后看见他哥哥的人。现在,塞迪厄斯寝食难安,精神错乱。您瞧,我现在把焦点集中到塞迪厄斯身上了,看来他必将被法律严惩了。"

福尔摩斯道:"您还不知道全部的事实呢!我从死者头皮上拿下了这个有毒的木刺,我有充分理由认为它有毒,你看这是死者的伤痕。这张纸,您看,是这样写的,是在桌上拾到的,边上还有这根奇怪的系着石头的木棒。这些东西您怎么把它归纳到你的理论上去呢?"这个胖侦探旁

若无人地说道:"全都证实了。满屋全是印度古玩,如果这个木刺有毒,别人能利用它杀人,塞迪厄斯一样也能利用它来杀人,这张纸不过是为掩人耳目,故弄玄虚罢了。唯一的问题是:他是如何出去的呢?啊!当然喽,这个房顶上有一个洞。"

他的身子笨重,费了九牛二虎之力才爬上了梯子,从洞口挤进了阁楼,紧跟着我们就听见他兴奋地高声嚷着说他找到了通向屋顶的暗门。福尔摩斯耸耸肩膀说道:"他有时也能发现些证据,有时也有些一知半解的认识。法国有句老话:'最难相处的是没有头脑的蠢货'。"亚瑟尔尼·琼斯从上边下来,说道:"你看,还是事实胜于雄辩。我的看法已经被证明了,有一个暗门通到屋顶,暗门还是半开的。""那暗门是我打开的。""啊,对!那么您也看见暗门了。"他好像有些丧气,"好吧,不管是谁发现的,都说明了凶手是从那里逃走的。警长!"

过道里有声音答应道:"有!长官。""叫舒尔托先生进来。舒尔托先生,我有义务告诉您,您所要说的任何话都可能对您不利。由于您哥哥的死亡,我代表政府逮捕您。"可怜的小矮人,举起手来望着我们两人叫道:"怎么样?我早就料到的。"福尔摩斯说道:"舒尔托先生,稍安勿躁,我想我是能够还您清白的。"

这位侦探立即反驳道:"大雄辩家先生,不要胡乱答应人家,事实恐怕不像您想的那样简单。""琼斯先生,我不仅要还他清白,而且要告诉你一个名字以及这个人的特点,他是昨晚来过这里的两个凶手中的一个。他的姓名——我有理由认为是叫做琼诺赞·斯冒。他的文化水平很低,个头不高,身体灵巧,断了的右腿上装了一条木腿,木腿内侧已经磨去了一块。他左脚的靴子下面钉着一块粗糙的方形前掌,后跟上钉着铁掌。他是个中年人,皮肤晒得很黑,曾经是个囚犯。这些情况以及他手掌上磨掉的皮或许对您有所帮助。那另外的一个……"

亚瑟尔尼·琼斯看来显然有点被打动了,可是他仍用嘲笑的口吻问

四签名

道:"不错,那另外一个人呢?"歇洛克·福尔摩斯转过身来,答道:"这个人相当奇怪,我希望不久就可以把这两个人交给您。华生,请到这边来,我有话和你说。"我跟着他走到楼梯口,他说道:"因为这件意外的事,咱们几乎忘了到这儿来的本意。"

我答道:"我也想到了,莫斯坦小姐不适合呆在这个可怕的地方。""现在你就送她回去。她住在下坎伯韦尔,西斯尔·费里斯特夫人的家离这儿不远。如果你愿意再来,我可以在这里等你。你累坏了吧?""一点儿也不累,搞不清真相我简直睡不着觉。我也曾有过冒险经历,可是说实话,今天晚上这一系列的怪事,把我的头脑都搅糊涂了。已经进展到这一地步,我希望能帮助你结案。"

他答道:"你在这里对我有很大帮助,咱们要单独行动,让这个琼斯想干什么就干什么吧。你把莫斯坦小姐送回去以后,请你到河边莱姆贝斯区品琴里3号——一个做鸟类标本的铺子的右边第三个门,去找一个名叫谢尔曼的人。他的窗上画着一只鼬鼠抓着一只小兔。把这个老头儿叫起来,告诉他我想借脱比用一用,请你坐车把脱比带回来。""脱比是一只狗吗?""是一只嗅觉奇灵的神奇的混血狗。我宁愿要这只狗的帮助,它比全伦敦的警察还要机敏得多呢。"

我说道:"我一定把它带回来。现在已经一点钟了,要是换上一匹快马的话,我肯定能在三点钟以前返回。"福尔摩斯说:"我还要从女管家博恩斯太太和印度仆人那里弄些新线索。塞迪厄斯先生告诉过我,那个仆人住在旁边那间阁楼里,回来再研究这伟大的琼斯的工作方法,再听听他的嘲讽吧。'我们对有些人挖苦他们所不了解的事物已经司空见惯了。'歌德的话总是这样一针见血。"

福尔摩斯探案全集

木桶的插曲

我用警察来时坐的马车送莫斯坦小姐回家。她真像个天使,在危难之中,只要旁边有比她更脆弱的人,她总是能够沉着安定。当我去接她回去的时候,她还从容自如地陪护在惊恐的女管家身旁。然而她一坐上马车,这一夜离奇的遭遇就把她击垮了。她先是晕倒,醒来后又嘤嘤抽泣。事后她对我抱怨,怪我那晚在路上显得过于冷淡。但是她却不晓得当时我正饱受爱情的折磨,内心一刻不停地斗争。正像我们在院中手握手的时候,我对她的同情和爱已经难以抑制。我虽然阅人无数,但如果没有这一晚的遭遇,我也难以认识到她那温柔和勇敢的天性。在当时,有两桩事使我难以开口:一是她正处于困境,身世飘零,孤苦无依,我在这时开口求爱,有乘人之危的嫌疑;二来如果福尔摩斯成功破案,追回宝物,她就会身价百倍,我这个穷医生若趁此机会向她示爱,她会不会把我看成是个卑鄙的"淘金者"?我不希望自己在她心里留下任何不良印象,这批阿格拉宝物成了隔在我们两颗心中间的一堵墙。

差不多深夜两点钟我们才到达西斯尔·费里斯特夫人的家中。仆役们早已入睡,可是费里斯特夫人对莫斯坦小姐接到怪信这件事十分关心,所以仍坐在灯下等着我们并亲自给我们开了门。她是一位举止落落大方的中年妇人。她亲切地搂着莫斯坦小姐的腰,像慈母一样安慰着莫斯坦小姐,叫我心中甚感快慰。可见莫斯坦小姐在这里的身份显然不是一个被雇用的人,而是一位受到尊重的朋友。经过介绍,费里斯特夫人

四签名

诚恳地邀我进去稍坐片刻,并要求我告诉她今晚的奇遇,我只好向她解释,我还有重要的使命,并且答应她今后一定来随时向她报告案情的进展。当我告辞登车以后,我故意回过头去看了一眼,隐约看到她们牵着手端庄地立在台阶上的身影,还有那半开的房门,从有色玻璃里透出的柔和的灯光,挂着的风雨表和光洁的楼梯扶手。在这种心烦意乱的时候,看见这么一个宁静温馨的英国家庭的景象,不禁感到心旷神怡。

对于今晚所遭遇的事,我愈想愈觉得前途迷离。当马车行驶在被煤气路灯照着的寂静的马路上的时候,我又回忆起这一连串的情节。已经搞清楚了的基本问题是:莫斯坦上尉的死,寄来的珠宝,报上的广告和莫斯坦小姐所接的信。但是这些已经大体明确的事件竟将我们引向更深、更凄惨的神秘莫测的方向:印度的宝物,莫斯坦上尉行李中的怪图,舒尔托少校临死时的怪状,宝物的发现和紧跟着的谋杀案,巴索洛谬被害时的各种怪象,那些脚印,奇异的凶器,在一张纸上发现的和莫斯坦上尉的图样上相同的字。这一切交织成一张错综复杂的大网。如果没有像福尔摩斯那样的天才,普通人是无法理清头绪的。

品琴里位于莱姆贝斯区尽头,是一幢窄小陈旧的两层楼房。我在3号门前叫了很久才有人应声。终于,在百叶窗后出现了烛光,窗后有人探出了头。那个露出头的人喊道:"快滚,醉鬼!你要是再不闭嘴,我就把我的四十三只狗放出来咬你。"我道:"你就放一只狗出来吧,我就是为这只狗来的。"

那声音又嚷道:"快滚!你不躲开我就拿锤子砸到你的头上。"我又叫道:"我不要锤子,我只要一只狗。"谢尔曼喊道:"少废话!走远点儿。我数完三个数就往下扔锤子。"我这才说:"歇洛克·福尔摩斯

先生……"这句话产生了巨大的魔力,窗户立即关上了,没过一分钟门也开了。谢尔曼先生是个瘦高、驼背的老头儿,细瘦的脖子上青筋暴露,戴着一副蓝光眼镜。他说:"这里永远欢迎福尔摩斯先生的朋友。请里边坐,先生。小心那只獾,它可会咬人。"他又冲着一只从笼子缝钻出头来的有两只红眼睛的鼬鼠喊道:"淘气!淘气!不许你抓这位先生。"又道:"先生不要害怕,这只是一只蛇蜥蜴,它没有毒牙,我把它放在屋里是让它吃甲虫的。请原谅我方才的失礼,实在是因为附近的淘气孩子常常跑到这儿来捣乱,害得我无法安睡。可是,歇洛克·福尔摩斯先生要什么呢?""他要你的一只狗。""啊,一定是脱比。""不错,正是。""脱比就住在左边第七个栏里。"谢尔曼拿着蜡烛慢慢地走在前面引路,两旁都是他收集来的那些奇禽怪兽。在朦胧闪烁的光线下,我隐约看到每个角落里都有闪闪的眼睛在向我们偷窥。就连我们头上的架子上面也有很多野鸟,我们的声音把它们从睡梦中吵醒,它们懒洋洋地把重心从一只爪换到另一只爪上去。

脱比是一只外形丑陋的长毛垂耳的狗,是混血种,黄白相间的毛色,走起路来摇摇晃晃。我从谢尔曼手中接过一块糖喂过它以后,我们就成了朋友,它这才跟我上车。我回到樱沼别墅的时候,皇宫的时钟刚刚打过三点。我发现那个做过拳击手的迈克默多已被当做同谋,和舒尔托先生一齐被抓到警署去了。两个警察把守着大门,我说出侦探的名字后,他们就让我和狗进去了。福尔摩斯两手插在衣袋里正站在台阶上,口里衔着烟斗。

他说道:"你把它带来了!好狗,好狗!亚瑟尔尼·琼斯已经走了。你走后,我们吵翻了天。他不但把我们的朋友塞迪厄斯逮捕了,并且连看门人、女管家和印度仆人全捉去了。除了留在楼上的警长一人以外,

四签名

这院子就属于咱们了。把狗留在这儿,咱们上楼去。"

我们把狗拴在门内的桌子腿上,重新上楼去了。房间里的一切仍保持原样,只是在死者身上蒙上了床单。在屋角里斜靠着疲惫不堪的警长。

福尔摩斯道:"警长,请把你的牛眼灯借给我用一下。把这块纸板替我系在脖子上,让它挂在胸前。多谢!现在我脱下靴子和袜子。华生,请你把靴袜拿到楼下,我要练练爬墙的本领。请你把这条毛巾稍微蘸些木馏油,好了,蘸一点就可以了。请同我再到阁楼来一趟。"

我们从洞口爬了上去。福尔摩斯重新用灯照着印在灰尘上的脚印,说道:"请你特别留心这些脚印,你有没有发现新情况?"我道:"这是一个孩子或者一个小个子妇女的脚印。""除了脚的尺寸以外,还有别的吗?""好像和一般的没什么区别。""根本不一样。瞧这儿!这是灰尘里的一只右脚印,现在我在它旁边印上一个我的光着脚的右脚印,你看看主要的区别在哪里?"

"你的脚趾都合拢在一起,而这个小脚印的五个指头是分开的。""很对,记住这一点。现在请你到那个吊窗前嗅一嗅窗户上的木框。我站在这边,我拿着这条毛巾呢。"我照他的话去嗅窗框,一股刺鼻的木馏油气味冲进了我的鼻子。"这是他走时用脚踩过的地方,如果你能分辨得出来,脱比辨别这气味就更不在话下了。现在请你下楼把脱比放开,等我下来。"

我回到院里的时候,福尔摩斯已经上到了屋顶。他把灯挂在胸前,就像一个巨大的萤火虫一样忽隐忽现地在屋顶上缓缓爬行,经过烟囱一直绕到后面,我马上跟着跑到后面去了,发现他正在房檐的一角上坐着。

他喊道:"你在那儿么,华生?""是的。""那个人就是从这儿上下的，在下面的那个黑东西是什么？""一只水桶。""有盖子吗？""有。""附近有梯子吗？""没有。""这个混蛋，从这儿下来可太危险了。可是他既然能够从这儿爬上来，我就能从这儿跳下去。这个水管好像很坚固，管它呢，我下来了。"

随着一阵窸窸窣窣的声音，那灯光顺着墙边平稳地落了下来，然后他轻轻一跳就落在桶上了，随后又跳到了地上。他边穿着靴袜边说道："追寻这个人的足迹还不算困难。一路上的瓦全都被他踩松了。他在匆忙之中丢下这个东西，按你们医生的说法就是，它证实了我的诊断是正确的。"他拿给我看的东西是一个用彩色的草编成的、同纸烟盒大小差不多的口袋，外层装着几颗廉价的小珠子，里边装着六个黑色的木刺，一头尖，一头圆，和刺入巴索洛谬·舒尔托头上的一样。

他道："当心，这可是危险的凶器。我非常高兴能找到这个东西，如果这是他们全部的凶器的话，咱们两个就可以不被刺到。说实话，我宁愿挨枪打也不愿被它刺到。华生，你还有再跑六英里路的力气吗？"我答道："没有问题。""你的腿受得了吗？""受得了。"

他把浸过木馏油的手巾放在脱比的鼻子边说："喂，脱比！好脱比！闻一闻这个，脱比，闻一闻！"脱比叉开多毛的腿站着，鼻子向上翘着，好像品酒员在品酒一般。福尔摩斯把手巾扔到一边，把一根结实的绳子系到狗脖子上，把它牵到木桶下面。这只狗立刻不断地发出高而颤抖的狂叫声，用鼻子在地上嗅着，尾巴高耸着，循着气味一直往前奔去。我们拉着绳子，紧随其后。

这时，天已经放亮，借着灰色的寒光已能向远处瞭望。我的背后是那所大房子，黑洞洞的窗户，光秃秃的高墙，惨淡孤独地矗立在我们的身后。院里乱七八糟地堆着垃圾，灌木丛生，这惨景正是昨夜惨案的象征。

福尔摩斯探案全集

我们绕过院子里杂乱的土丘土坑,来到围墙下面。脱比带着我们一路跑着,在墙的阴影里焦急地嗥叫着,最后,我们来到了长着一棵小山毛榉树的墙角。较低的地方,砖缝已经磨损了,砖的棱角被磨平了,好像是常有人在这里爬上爬下。福尔摩斯爬上去,把狗从我手里接过去,又从另一面把它放了下去。

待我爬上了墙头,他说道:"墙上还留着木腿人的一个手印,你看那白灰上的血迹。幸亏昨夜没下大雨,虽然过了二十八小时,气味还可以留在路上。"当我们穿过车马络绎不绝的伦敦马路的时候,我不免对脱比能否循着气味找到凶手产生了怀疑,然而脱比不停地嗅着地,摇摇摆摆地向前奔去,因此很快我也就信任起它来了。显然这强烈的木馏油味比路上的其他气味更浓。

福尔摩斯道:"你别以为我只能靠着一个罪犯不小心把脚踩上了化学药品的线索才能破案,其实我还有其他方法能追捕到凶手。不过既然幸运之神把这个最方便的方法送给咱们,咱们就该运用它。但是这样一来,就把复杂的问题简单化了,靠这么简单的线索破案看来是无法显出我们的才能和功劳了。"

我说:"还是有不少功绩的。福尔摩斯,我觉得你在这个案子里所使用的方法比在杰菲逊·侯伯谋杀案里所用的方法更巧妙惊人,更让人难以理解。比方说,你怎么能准确无误地形容出那个装木腿的人呢?"

"咳,老兄!这事本身就非常简单,我并不想夸大其词,整个情况是清清楚楚的。两个指挥看守囚犯的部队的军官听来一桩藏宝的秘密。一个叫做琼诺赞·斯冒的英国人给他们画了一张图。你记得吧,这个名字就写在莫斯坦上尉的图上。他自己签了名,还替他的同伙签了名,这就是他们的'四个签名'。这两个军官按照这个图——或者是他们中间的一个人——找到了宝物,带回了英国。我怀疑这个带回宝物的人,对于从前约定的条件,没有完全履行。那么,为什么琼诺赞·斯冒自己未拿到

四签名

宝物呢?这个答案是显而易见的。画那张图的日期,是莫斯坦和囚犯们接近的时候。琼诺赞·斯冒和他的同伙都是阶下囚,没有自由,所以没能得到那些宝物。"我说:"这个不过是估量罢了。"

"并不完全是这样。不仅仅是估量,而是唯一合情合理的假设。咱们看一看这些假设和后来的事实是怎样吻合在一起的吧。舒尔托少校携带宝物回国后,过了几年安乐日子,可是有一天接到了从印度寄来的一封信,就吓得失魂落魄,这又是怎么回事呢?""信上说:被他欺骗的囚徒们已经刑满出狱了。"

"与其说是刑满出狱,不如说是越狱逃出更好,因为舒尔托少校知道他们的刑期。如果是刑满出狱,他就不会阵脚大乱。对此他采取了这样的对策,他对装木腿的人格外小心。装木腿的是一个白人,因为他曾开枪误伤了一个装着木腿的英国商人。在图上只有一个白人的名字,其余的全是印度人或回教徒的名字,所以显然琼诺赞·斯冒就是那个装木腿的人。你看这些推理是否有些主观?""不,非常出色,简明扼要。"

"好吧,现在咱们设身处地地站在琼诺赞·斯冒的角度上来分析一下吧。他回到英国来有两个目的:一个是为了获得应归他的那一份宝物,一个是向欺骗了他的人复仇。他找到了舒尔托的住处,还极有可能收买了他家里的一个人。有一个叫拉尔·拉奥的仆人,咱们没有见过他,博恩斯通太太说他道德败坏、品行不端。斯冒没有找到藏宝物的地方,因为除了少校自己和一个已死去的忠实仆人以外,没有人知道。少校病危的那天,斯冒得知了这个消息,他怕藏宝的秘密将要和少校一起入土,所以情急之下,他冒着被守卫抓住的危险,跑到垂死的人的窗前。由于少校的两个儿子正在床前,所以无法进入屋里。他对死者怀恨在心,当天晚上又重新钻进屋里,搜查文件,希望找到藏宝的线索,但是没有找到。在失望之余,留了一张写着四个签名的纸条作为标记。本来他打算把少校杀死后在尸旁留一个相同的标记,表明这并不是一件普

通的谋杀，而是正义的复仇。像这样奇怪的做法并不少见，有时还可以显示出凶犯的一些情况。这些你全都听懂了吗？""全都明白。"

"可是少校死了，琼诺赞·斯冒还能怎么办呢？他只能暗地注意别人搜寻宝物的行动。他可能有时离开英国，有时回来打探消息。当阁楼和宝物被发现时，马上就有人给他报信，这更表明他在内部安插了眼线。琼诺赞装着木腿，想要爬上巴索洛谬·舒尔托家的高楼是根本不可能的，所以他带了一个古怪的同谋，让他先爬上楼去。没想到他的光脚踩了木馏油，所以才出现了脱比，还害得一个带着脚伤的医师跛脚奔了六英里路。""如此说来，斯冒并没亲自动手杀人，凶手是那个同伙了。"

"对。从斯冒在屋内顿足的情况来判断，他是不同意这样干的。他和巴索洛谬·舒尔托并没有深仇大恨，顶多把他的嘴塞上再捆起来就行了。杀人偿命，他是决不肯以身试法的。没想到他的同谋野性发作，竟杀死了巴索洛谬。他已无法挽回，因此琼诺赞·斯冒留下了纸条，盗了宝物，便和同谋一起逃走了。这就是我所能推想出来的一些情况。至于他的相貌：他被关押在极炎热的安达曼岛上那么多年，想必已是中年而且皮肤被晒得极黑。身材和高矮可以从他的步伐的大小推算出来。至于他的大胡子，这是塞迪厄斯·舒尔托从窗内亲眼所见的。此外大概没有什么遗漏的了。"

"那么，那个同谋呢？""啊！这个也没那么神秘，一会你就能见到。这早晨的空气真新鲜呀！看那一抹朝霞，真像红鹤的羽毛一般艳丽，朝阳已经升上云端，伦敦城被阳光普照。在这灿烂霞光中生活着不计其数的人，然而恐怕只有咱们两人肩负着这样神奇的使命。同这大自然相比，咱们的雄心壮志又是何其渺小！你读约翰·保罗的著作有心得吗？""有一点儿领悟，我先读了卡莱尔的著作，才回过头来研究他的作品的。""这就像由河流回溯到湖泊一样。他曾说过一句奇异而意味

四签名

深长的话,'一个人的真正伟大之处就在于他能够意识到自己的渺小',你看这里还涉及到对比的力量,这种力量本身就是一个崇高的证明。在瑞奇特的作品里,能吸取到许多精神营养。你带手枪来了没有?""我拿着这根手杖。""一找到他们,咱们可能就需要这类的兵器了。你来对付斯冒,他那个同伙如果敢乱来,我就拿手枪把他打死。"他随手掏出左轮手枪,装上两颗子弹,又放回到他大衣的右边口袋里。

我们跟着脱比到达了通往伦敦市区的路上,两旁是半村舍式的别墅,已经临近车水马龙的大街。劳作的人们正在起床,家庭妇女们正在开门打扫台阶。街拐角上四方屋顶的酒馆刚刚开始营业,强壮的汉子们从酒馆里出来,用袖子擦去胡子上沾的酒。野狗在街头睁大了眼睛望着我们,可是我们忠诚的脱比顾不上东张西望,只是鼻子贴地一味地往前冲,时而发出一声急切的叫声,表明它闻到的气味仍很强烈。

我们经过了斯特莱塞姆区,布瑞克斯吞区,坎伯韦尔区,绕过了许多条小巷,一直走到奥费尔区的东面,最后到达了肯宁顿路。我们要找的人仿佛是专走弯曲的路,也许是为了避免被人跟踪,只要有条小路可走,他们就不走正路。经过证券街,我们到达了骑士街。脱比忽然停下不走了,只在原地来回乱跑,一只耳朵耷拉着,一只耳朵竖起来,似乎在犹豫不决。它后来转了几个圈,抬起头来,似乎在等待指示。

福尔摩斯呵叱道:"这只狗怎么了?罪犯们不会上车,也不会坐上气球飞走。"我建议道:"他们也许在这里呆过一会儿。"我的伙伴平静下来,说道:"啊!好了,它又走啦。"

狗的确重新上路了。在四处又闻了一阵之后,似乎是突然间下了决心,以前所未有的速度飞跑起来。这气味似乎更强烈了,因为它已不需要鼻子再贴地,而是用力拉直了绳子向前冲。福尔摩斯双眼放光,似乎胜利已垂手可得了。

我们经过九榆树到了白鹰酒站附近的布罗德里克和纳尔逊大木场。

这只狗兴奋不已，从侧门跑进了锯木工人已经上工的木场，接着穿过成堆的锯末和刨花，在两旁堆满木材的小路上跑着，最后高兴地叫着跳上了手推车上还没有卸下来的一只木桶上面。脱比伸出舌头，眨着眼睛站在木桶上，得意地看着我们俩。桶边和手推车的轮子都沾满了黑色的油渍，空气中散发着浓重的木馏油气味。歇洛克·福尔摩斯和我对视了一会，然后一齐捧腹大笑。

四签名

贝克街的侦探小队

我问道:"现在该怎么办呢?脱比也不能百战百胜啊!"福尔摩斯把脱比从桶上抱下来,牵着它出了木场,说道:"脱比是根据它自己的主张行动的,你如果计算一下每天伦敦市内木馏油的运输量,你就可以明白咱们走错路的原因了。现在有很多使用木馏油的地方,主要多用于木料的防腐,这不能怪脱比。"我建议道:"咱们还是沿原路回到油味被混杂的地方去吧。"

"对,幸亏路途不远。脱比在骑士街左边曾犹豫了一会儿,显然是油味的方向在那儿分开了。咱们走了错路,现在只有顺着另外一条路去找。"

我们牵着脱比回到了原来犹豫不决的地方。脱比转了一个人圈,立刻就跑上了另一条路。我说道:"要仔细看好脱比,不要让它把咱们再带到刚才的木场去。"

"我也想到这点啦。可是你看它在人行道上跑,运木桶的车应当从马路上走,所以这次咱们是正确的。"经过贝尔芒特路和太子街,脱比向河边跑去,一直到了宽街河边的一个用木料建成的小码头上。脱比把我们引到水边,站在那里看着河水,一边哼着鼻子。

福尔摩斯道:"真是倒霉,他们从这里上了船啦。"码头上系着几只小平底船和小艇。我们依次把脱比引到小船上,虽然它都很认真地闻了闻,可是没有任何反应。

靠近登船的地方,有一个小砖房,在第二个窗口上挂着一个木牌子,上面写着几个大字:"莫迪凯·史密司"。下面写着小字,"出租船

只：按时按日计价均可。"在门上另外有一块牌子，上面说这里还有小汽船。许多焦炭堆积在码头上，看来这就是汽船的燃料。福尔摩斯慢慢地把四周看了一遍，神情懊恼。

他说道："看来有些麻烦。他们一开始就准备把行踪隐蔽起来，没想到他们这么仔细。"他向那个屋门走过去，恰巧一个卷发的小男孩从里面跑出，看上去六岁左右。一个红脸的胖妇人在后面追赶过来，手里拿着一块海绵。她喊道："杰克，快回来洗澡！快回来，淘气包！你爸爸回来看见你这个样子，决不会饶你！"

福尔摩斯趁机说道："小朋友！看你红扑扑的脸蛋儿，一定是个好孩子！杰克，你想要什么？"小孩想了一下，说道："我要一个先令。""你不想要比一个先令更好的吗？"那天真的小孩想了想，又说道："那就给我两个先令。""呦，拿着吧！史密司太太，这孩子真好。""先生，他就这么的淘气！我老头子有时整天不在家，我简直管不住他！"福尔摩斯装作失望的样子问道："啊，他不在？真不凑巧！我来找史密司先生有事。"

"先生，他从昨天晚上就出去了。说实话，他到现在还没有回来，我真有点心急。可是，先生，租船的事跟我说也成。""我要租他的汽船。""先生呀，那汽船被他开走了。奇怪的是我知道船上的煤不够到伍尔维奇来回烧的。如果他坐的是大平底船，我就不会这么着急了，因为有时他还要到更远的葛雷夫赞德去呢。再说他如果有事，就会耽搁些时候，可是汽船没有煤烧怎么走呢？""也许他可以在半路上买些煤。"

"也有可能，可是他向来不这样做的，他常常说煤的零售价太高。而且我很讨厌那装着木腿的人，尤其是他那张难看的脸和装腔作势的外国派头。他常跑到这儿来，也不知为了什么事。"

福尔摩斯惊讶地问道："一个装木腿的人？""是呀，先生！一个尖嘴猴腮的小子，来过好几回了，昨天晚上就是他从床上把我老伴叫起来

四签名

的。但我老伴事先就知道他要来,因为他已经把汽船升上火等着他们了。先生,我老实告诉您,我还是提心吊胆的。"

福尔摩斯耸耸肩说道:"可是我亲爱的史密司太太,您别自己白操心。您怎么肯定昨天晚上来的就是那个装木腿的人呢?已经半夜了,你又没见到他。您凭什么肯定是他呢?""先生,就凭他那独一无二的粗重含糊的口音,我就知道了。他弹了几下窗户——那时大概是三点钟——说道:'伙计,快起来,咱们该走了!'我老伴把我的大儿子吉姆也叫醒了,他们爷俩一言不发就走了。我还听见那只木腿走在石头上的声音呢。"

"来的就是那装木腿的一个人,没有同伴吗?""先生,我没有听见有别人。""史密司太太,真不凑巧,我想租一只汽船,因为我老早就听说过这只……我怎么忘了!这只船叫……"

"先生,船名叫'曙光'。""啊!就是那只绿色船身,船舷上涂着黄色宽线的旧船吧?""不,不是。是跟在河上常见的干净的小船一样,新刷的油,黑色船身上画着两条红线。""多谢,我想史密司先生很快就能回来了。我去下游,如果碰到'曙光'号,我就告诉他您在挂念他。方才您说,那只船的烟囱是黑色的?" "不是,是有白线的黑烟囱。"

"啊,对了,船身是黑色的。史密司太太,再见吧!华生,那儿有一只小舢板,我们坐它到对岸去。"

上船以后,福尔摩斯道:"和这些人讲话,最要紧的是让他们以为他们所说的消息与你毫不相干,否则他们马上就会闭口不提。假若你用话逗引着,他们很快就会讲出你想知道的事了。"

我说道:"咱们应当采取的步骤已经很清楚了。""你想怎么办呢?""雇一只汽船到下游去寻找'曙光'号。""我的伙计,你这个办法太费事啦。这只船会靠在从这里到格林威治沿途的任何一个码头上。桥那边

几十里都可以停泊。如果一个一个地去找,不知要找到哪年哪月呢!""那么请警察帮忙?""不,在最关键的时候我也许会把亚瑟尔尼·琼斯叫来。他这个人还行,我也不想影响他的工作。咱们已经侦察到这个地步,我很想自己单独干下去。""咱们能不能在报纸上登广告,好从码头主人那里得到'曙光'号的消息呢?""那会搞砸的!这样一来匪徒们就会知道咱们正在追踪他们,就会马上离开英国,即使是现在他们也许正打算远走高飞呢。如果他们认为没有危险的话,就不会急着逃走,琼斯的做法对咱们会有很大的帮助呢,因为匪徒们每天都会在报纸上看到警察们在向错误的方向侦察,从而以为自己就可苟且偷安呢。"

当我们在密尔班克监狱门前下船时,我问道:"那么咱们到底该怎么办呢?""咱们再坐这部车子回去,吃些早饭,睡一个钟头,没准今晚咱们还得赶路呢。车夫,请在电报局停一下。我们先把脱比留下来,以后或许还要用到它。"车在大彼得街邮电局停下,福尔摩斯去发了一封电报。他上车后问我道:"你知道电报是发给谁的吗?""不知道。""你还记得在杰菲逊·侯伯一案里我们雇用的贝克街侦探小队吗?"我笑道:"是他们呀!"

"在这个案子里,他们可能很有用处。当然我还有别的办法,不过我愿意先用他们试一下。那封电报就是发给我那个小队长维金斯的,不等咱们用完早点,这群孩子就会赶来了。"

这时是早晨八九点钟。经过一夜的奔波,我感到两腿发软,精疲力尽。论起这桩案子,在侦查上我没有我的伙伴的那种敬业的热情,同时我也不把它仅仅看成是个抽象的理论问题。尽管巴索洛谬·舒尔托被害,但因为大家对于他平日的行为都很反感,所以我也不那么憎恶凶手。可是说到宝物,那就是另外一回事了。这些宝物——或者宝物的一部分——理应属于莫斯坦小姐。如果能找回宝物,我愿竭尽全力,把它找回来。不错,如果宝物能够找回的话,我个人可能就永远不能接近她

四签名

了。可是爱情如果被这种想法所控制,那可就太庸俗了。如果福尔摩斯抓到了凶手,我就要花上十倍的力气去寻找宝物。

在贝克街家中洗了一个澡,换了衣服,我又重新振奋起来。等到下楼,看见早餐已经备好,福尔摩斯正在那里斟咖啡。

他指着一张打开的报纸笑着对我说道:"你看看,这位眼高手低的琼斯和一个庸俗的记者把这个案子全权处理了。这案子也够让你闹心的了,先吃你的火腿蛋吧。"我接过报纸,看见上边的标题是《上诺伍德奇案》。这张《旗帜报》是这样报道的。

昨天夜里十二时左右,上诺伍德樱沼别墅主人巴索洛谬·舒尔托先生在家中被人谋杀。据本报获悉,死者身上并无外伤,可是死者继承他父亲的一批印度珠宝却已全部被盗。死者之弟塞迪厄斯·舒尔托先生与同来访问死者的歇洛克·福尔摩斯先生和华生医师首先发现死者被害。幸亏当时大名鼎鼎的亚瑟尔尼·琼斯先生正在诺伍德警察分署,在半小时之内就亲临案发现场展开侦查,他不愧是一位老练精明的侦探,到场不久就找到了重要线索。死者之弟塞迪厄斯·舒尔托因嫌疑重大已被逮捕,同时被捕的还有女管家博恩斯通太太、印度仆人拉尔·拉奥和看门人迈克默多。现已查明凶手十分熟悉别墅的出入道路。经过琼斯先生细致入微的侦察,已证实凶手是从屋顶的一个暗门潜入室内的。由此可见:这不是一桩普通的盗窃案。警方这种迅速英明的处理,表明长官的经验丰富,同时也表明对于把全市警力分散进行防守,以便及时赶赴现场的意见,是很有见地的。

福尔摩斯呷了一口咖啡笑道:"太伟大了!你意下如何?""我想咱

们差点也被当成凶手,遭到逮捕呢。""我也这么认为,要是他又来个灵机一动,没准儿现在咱们已经被带到警署去了呢。"正在这时,门铃响了起来,随后便是我们的房东哈德森太太高声与人争吵的声音。

我欠起身子,说道:"天啊!福尔摩斯,这些家伙们真来捉咱们来啦!""还不至于。这是我们的非官方军队——贝克街的杂牌军来了。"

说话间,楼梯上已经响起了光脚板走路和大声吵嚷的声音。走进来十几个穿破衣服的街头小流浪汉。他们虽然吵嚷着进来,可是他们中间却有一定的纪律,进屋后他们立刻站成一排,脸对着我们等待我们的命令。其中有一个年纪较大、好像是队长的站在前面,看着他那破衣烂衫又一本正经的样子,真让人忍俊不禁。

"先生,得到您的指示之后,我立刻就率领队伍赶来了。车费三先令六便士。"福尔摩斯把钱给了他们说道:"给你钱。我告诉过你,维金斯,今后有事,你一个人来就行,不用把他们全带来,我的屋子装不下这么多人。可是,这一次全都来了也好,可以听我亲自部署。你们要找一只名叫'曙光'的汽船,它现在就在河的下游,黑色船身,上面画着两条红线,黑烟囱上涂一道白线,船主是莫迪凯·史密司。我要一个孩子在密尔班克监狱对岸莫迪凯·史密司的码头上守着。船一回来立即报告给我。别的孩子则分散在下游两岸,一只船一只船地挨个寻找,一有消息,立刻来报。你们全都听懂了吗?"维金斯道:"是,司令,悉听尊命。"

"报酬还照以前的惯例。找到船的另外多加一个先令,这是预付给你们今天的工资,马上去吧!"他给了每人一个先令。孩子们兴高采烈地下了楼,不一会儿,就跑得无影无踪了。

福尔摩斯离开桌子站了起来,点上了烟斗说道:"只要这只船还浮在水上,咱们就可以找到它。孩子们能跑到任何地方,看到各种各样的事儿,还能偷听到任何人的谈话。估计他们傍晚前就可以打探到汽船的

四签名

消息了。咱们现在就等着他们来报告吧。找不到汽船或者船主的下落，咱们暂时无事可做。"

"脱比吃咱们的剩饭就行了。福尔摩斯，你睡一会儿吧？""不，我还不累。我的体质很特别，工作的时候一点儿也不累，如果无所事事反而会使我萎靡不振。我现在要吸烟了，仔细地想一想我那女主顾委托咱们办的这件奇事。这个问题，估计不难解决，因为装木腿的人很少见，另外那个人，更是绝无仅有的了。""那另外的一个人是谁呢？""至少我不想对你保密，但你也许另有高见。现在考虑一下所有的情况：小脚印、没有穿过鞋子的赤足、一端装着石头的木棒、灵活的行动和有毒的木刺。你从这里得出了什么结论呢？"

我喊道："是个土人！可能是和琼诺赞·斯冒同伙的一个印度人。"他道："不太可能。最初在我看到那奇特的凶器时，我也这样想过。可是由于那特殊的脚印，我就想到另一方面了。印度半岛的居民有些是很矮小，但不会留下这样的脚印。印度土著的脚是又瘦又长的，穿凉鞋的伊斯兰教信徒因为鞋带系在紧靠大拇指的趾缝里，拇指和其他脚趾是分开的。这些毒刺只能通过吹管向外发射。你想，我们应该向哪里去找这样的土人呢？"我道："南美洲。"

他伸出手臂，从书架上取下了一本很厚的书，说道："这是新出版的地理辞典第一卷，是最新的权威著作。看看这儿，'安达曼群岛位于孟加拉湾，距苏门答腊三百四十英里。'这又是什么？'气候潮湿、珊瑚暗礁、鲨鱼、布勒尔港、囚犯营、罗特兰德岛、白杨树……'啊！在这里！'安达曼群岛的土人，可以称为世界上最小的人了，虽然有的人类学家曾认为非洲的布史人和火地人才是最矮小的。这里的人平均高度不到四英尺，成年人比这个还矮的也不少。他们生性残暴，性情急躁、固执，但只要跟他们建立起深厚的友情，他们就能忠贞不渝。'听这段，华生！'他们天生可怕、畸形的大头、恶狠狠的小眼睛、奇怪的相貌、

特别小的手和脚。由于他们极度凶残倔强,英国官吏虽竭尽一切努力,也没有办法把他们驯服。对于船只遭难的水手们来说,他们永远是魔鬼。水手们往往被他们用镶着石头的木棒击碎脑袋,或用毒箭刺死。这种屠杀的结果总是无一例外地以人肉盛筵作为结束。'可真是一个奇怪凶残的小人啊!华生!如果这个小子没有人管着,叫他为所欲为,那结果便不堪设想了。我觉得,就是琼诺赞·斯冒雇用他,恐怕也是迫不得已吧。"

"可是他怎么能找到一个这样奇怪的同伙呢?""啊,这个就不得而知了。可是咱们既然知道斯冒是从安达曼群岛来的,这个土人和他在一起就很正常。毋庸置疑,还有更多的详情在等着咱们呢。华生,看来你是累坏了,你在那张沙发上躺下,等我来给你催眠吧。"

他从屋角那里拿起小提琴来,拉起一支柔和的催眠曲——无疑是他自己作曲的,因为他有一种即景作曲的本领。我直到现在还能模糊地记得他那瘦削的手、诚挚的面孔和拉弦的动作呢。我随着音乐,飘然入梦,清楚地看见梅丽·莫斯坦在向我甜蜜地微笑。

四签名

线索中断

我一觉睡到了下午,时间已经不早,我的精神也已完全恢复了。福尔摩斯早已不拉小提琴了,正坐在那里研读一本书。他看我醒来,对我望了望,神色不快。他道:"你睡得很好,我恐怕我们说话的声音把你给吵醒了。"

我答道:"我什么也没有听到,你有什么新的消息没有?""糟糕得很,还是没有。我真没有想到,也很失望,我以为到这时候总应当有确切消息来了。维金斯刚刚来报告过,连汽船的影子也没看见,真是叫人着急。因为时间紧迫,每一个钟头都很宝贵。""我可以帮忙吗?我的精神已恢复了,再出去一夜也没有问题。"

"不,现在咱们无事可做,只有等待。如果咱们现在出去,要是有消息来,反而误事。你可以自由活动,我必须在这里等候。""那么我想到坎伯韦尔拜访西斯尔·费里斯特夫人,昨天我们已经约好了。"福尔摩斯的眼睛里漾着狡黠的笑意问道:"只访问西斯尔·费里斯特夫人吗?""当然还有莫斯坦小姐,她们都急于要知道这件事的进展。"

福尔摩斯道:"不要讲得太多,即使是最好的女人,也决不能完全信赖她们。"对他这种固执己见的话,我没理会,只说道:"我一两个钟头内就可以回来。""好吧!祝你一切顺利!如果你过河去的话,顺便把脱比送回去,现在用不着它了。"我依照他的话把脱比归还给了它的主人,并送给他半英镑作为酬劳。到了坎伯韦尔,会见了莫斯坦小姐。她经过昨夜的惊吓,至今还有些疲倦,可是正在等待着消息。费里斯特夫人也是好奇心十足,急于知道一切。我向她们讲述了所有经过,

只保留了一些令人恐怖的地方。虽然提到舒尔托先生的被害,可是没有描写那些可怕的具体情况和凶手所用的凶器。就是这样大致地讲述了一遍,还是够叫她们听着惊奇的。

费里斯特夫人说道:"简直是一本小说!一个受到委屈的姑娘,五十万镑的财宝,一个吃人的小黑人,还有一个装木腿的匪徒。这些情节真的很离奇呀!"

莫斯坦小姐兴奋地望着我说道:"还有两位侠士的搭救呢。""可是梅丽,你的未来全依靠着这次的搜寻了,可我看你并不觉得怎样激动。请想一想,一下子发了大财,是多么可喜的事呀。"她把头摇了摇,似乎对于这件事并不很关心。看到她对于即将富有这件事无动于衷,我的心里感到无限的欣慰。她道:"我非常担心塞迪厄斯·舒尔托先生的安全,其余的我都没放在心上。他留给我的印象是非常厚道和可敬的,我们有责任为他洗去可耻的和毫无根据的罪名。"

我很晚才回到家里。我朋友的书和烟斗还放在他的椅子旁边,可是却不见他本人。我四周看了一遍,想发现一张字条,可他连一个字也没留下。

哈德森太太进屋来放窗帘,我问道:"歇洛克·福尔摩斯先生是出去了吗?""先生,他没有出去,他在他自己的屋里。"她轻声说道:"先生,您知道吗,我怀疑他是病了!""哈德森太太,您怎么知道他病了?""先生,这事儿真怪。您走了以后,他在屋里不停地走来走去,来回踱步,他的脚步声使人心烦意乱。后来我又听见他自言自语,每次有人叫门,他都跑到楼梯口喊道:'哈德森太太,是谁呀?'现在他把自己关在屋里,可还在来回踱步。先生,我希望他没有病。刚才我好心地劝他吃点儿退热药,没曾想他却抬头瞪了我一眼,我吓了一跳,慌慌张张地就退出来了。"

我答道:"哈德森太太,您先别急,我以前也看见过他这个样子的。

四签名

他心里有事,所以才这样反常。"我故作轻松地和这位好心的房东太太聊着天,可是我整夜都朦朦胧胧地听见他的脚步声,我知道,他那急于破案的心正因为线索中断而备受煎熬。第二天早餐时,我看到他两腮凹陷,面带倦容。我道:"老兄,你让自己太疲惫了,我听见你夜里在屋内踱来踱去。"

他答道:"我无法入睡。眼看着案情就要大白,却让一个小小的障碍给卡住了,这太让人着急了。现在咱们已经掌握了凶手的姓名、特征,甚至他们在哪条船上都知道,可就是找不着这条船。各方面都开始行动了,我已想尽办法搜了整条河,还是音信皆无。史密司太太也不知道她丈夫的去向,我曾想到他们是不是已经把船弄沉了,然而这里面一定大有问题。""咱们是不是让史密司太太给骗了?""不可能,这一点不用怀疑,因为经过调查,这样的汽船确实有一只。"

"它是否到上游去了?""我也想到了这个可能性,我已经让人到上游瑞奇门德附近去搜查了。如果今天再没有结果的话,那么明天我将放弃寻找汽船,准备亲自去追拿凶手。但我相信,一定会有消息的。"

又过去了一天,维金斯和其他的搜查人员还没有发现汽船。大多数的报纸都对诺伍德惨案进行了报道,他们都认为可怜的塞迪厄斯·舒尔托是杀人凶手。报纸上除了警方将于次日验尸之外,并无新消息。我在傍晚步行到坎伯韦尔,把我们的失败情况向两位女士作了报告。一回到家,就看见福尔摩斯还是一副心烦意乱、情绪不佳的样子,对我也爱搭不理的。一整夜他都在忙着搞一个散发着恶臭的奇怪实验,蒸馏器加热后满室臭气熏天,逼得我赶紧逃出这间屋子。一直快到天亮,我还听见试管碰撞的声音,知道他还在那里进行着那奇臭无比的实验。

第二天清晨,我惊醒过来,看见福尔摩斯已经站在我的床前。他穿着一身水手服,外面穿着一件短大衣,脖子上系着一条红色的围巾。他道:"华生,我马上要到下游去,这是最后一着了,一定要我亲自出

福尔摩斯探案全集

马。"我说道:"那么我和你一同去好不好?""不好。我自己也不想去,你最好留下来替我接收消息吧。虽然昨晚维金斯他们很叫人失望,但今天总会有消息的。另外请你代拆所有的来信和电报,一切你就全权处理吧。你愿意代劳吗?""没问题。""我说不定会去哪儿,想来你也无法给我消息。但如果胜利的话,我会很快回来的,等我的好消息吧。"早饭时,我打开《旗帜报》,看见上面登载着这个案子的新进展。

上诺伍德一案情节错综复杂,但警方已有新线索来缉拿真凶。现已获悉:塞迪厄斯·舒尔托先生和女管家博恩斯通太太因被警方排除嫌疑,已于昨晚释放。此案目前由苏格兰场优秀的亚瑟尔尼·琼斯先生侦缉,此案于近日即可告破。

我想:差强人意的是舒尔托先生总算没事了,至于这新线索大概又是警方用来掩饰无能的故伎吧。我把报纸扔到桌上,目光忽然又被报上的一小段寻人启事吸引住了。

船主莫迪凯·史密司及其长子吉姆在星期二凌晨三时左右乘汽船"曙光"号离开史密司码头,至今未归。"曙光"号船身黑色,有红线两条,烟囱黑色,有白线一道。如有知莫迪凯·史密司与汽船"曙光"号的下落者,请务必通知史密司码头的史密斯太太或贝克街221号乙,酬金五镑金币。

这显然是福尔摩斯登出来的,贝克街的住址就是足够的证据。看上去这则启事的措辞非常巧妙,因为即使匪徒们看到了,也会认为那只是一个妻子寻找丈夫的普通广告,而不会识破其中的秘密。

四签名

这一天过得真慢。每次听到敲门的声音或是街上沉重的脚步声,我都以为是福尔摩斯或者是看见广告来报信的人来了。我试着看书,但思想老是溜号,脑子里总是闪现着那两个凶手的身影。时而想到:福尔摩斯这次会不会是真的犯了错误,他会不会是在自欺欺人呢?虽然我以前从未看过他有失误的时候,但人非圣贤,孰能无过?也许是证据不够准确,使他判断错误,又或者是他过于自信,把一道简单的问题当成了一道难题来解,以致接二连三错下去。可是转念一想,证据都是我亲眼所见,他推断的依据也是我亲耳所闻,而且这一系列的怪事明明都是为了一个原因而发生的。因此我想,就算福尔摩斯不对,这件奇案也一定大有文章。

下午三点钟前,铃声大作,楼下有语气坚决的高声谈话,上来的不是别人,竟是亚瑟尔尼·琼斯先生。可是他的态度和以前判若两人,他从上回那个傲慢的专家变成了一个谦恭的人。他道:"您好,先生,听说福尔摩斯先生出去了。""是的,我不知道他何时能回来。请等一等好不好?请坐,吸一支雪茄烟好吗?""谢谢,请给我一支。"他边说边用红丝巾擦着脑门。"来一杯加苏打的威士忌酒好吗?""好吧,半杯就可以了。这天真热,加上我心里又烦得很。你还能记起来上回我对这件案子的推理吗?""我听您说过一次。"

"别提了,我已经把从前的判断给推翻了。本来,舒尔托先生已经抓在手心里了,没想到这家伙这么走运。他有一个铁一般的证据——从他离开他哥哥起,就一直和别人呆在一起,所以案发时他并不在场。这案子太棘手了,甚至影响了我在警署的声望,我需要有人帮忙。"我说:"谁都经历过有难处的时候啊。"

他用肯定的语气说道:"先生,您的朋友歇洛克·福尔摩斯先生真是个天才,令人望尘莫及。他经手的案子没有一件不被他弄明白的。他的手段变化多端,不过有时也太心急了些。但总而言之,他蛮可以成为

最出色的警官的,说实话,我实在是自愧不如啊。今天我接到了他的一封电报,从中得知,对于舒尔托这个案子,他已经有了新的眉目。这就是那封电报。"

他从上衣兜里把电报拿出来交给我。这封电报是十二点钟从白杨镇发的,电文说:"速到贝克街,若我不在请稍候。舒尔托案凶手已露面,若要结束本案,今晚可和我同去。"我说:"这真是一封让人高兴的电报。他肯定是把已断的线索接上了。"

琼斯面露得意地说道:"啊,这么说他也有搞错的时候。我们侦查高手自然也有失手的时候啊。这次也可能是竹篮打水一场空,可是我们警察的责任是不放过每一条线索。有人叫门,也许是他回来了。"

传来一阵沉重的上楼的脚步声,伴随着粗重的喘息声,说明这个人呼吸困难,脚步声中间停顿了一两次,好像他上楼很费力气似的。最后他走进屋来,一个和这些声音相符的老水手出现在我们面前。他身穿水手服,外面套着一件纽扣一直扣到脖子上的大衣。他背驼得很厉害,双腿哆嗦着,肩膀上下耸着,气喘吁吁地拄着一根粗木棍站在门口,脸上罩着围巾,只露出灰白的眉毛和胡须,再加一双转动着的眼睛。从外表看,他似乎是个年老体衰、生活困窘但又不能使人轻视的航海家。

我问道:"朋友,有事吗?"他说:"歇洛克·福尔摩斯先生在家吗?""还没回来。可是我可以代表他,有什么话您就对我说吧,我一定转告他。"他说道:"我只能对他本人说。""可是我告诉您,他委托我代表他,是不是关于莫迪凯·史密司汽船的事?""是的,我知道这只船在什么地方,知道他要找的人在哪里,还知道宝物的下落,我知道一切情况。"

"您告诉我好了,我保证向他转告。"他充分地表现了老人的易怒、倔强的特点。他道:"我只能告诉他本人。""那您只好等一等了。""不行,不行,我不能为了这件事搭上一天的时间。如果他不在家,就让他

四签名

自己再想办法吧,我要走了。你们两人的长相让我高兴不起来,我什么也不能告诉你们。"

他站起来就要出门,可是琼斯跑到他前面,把他拦住了。琼斯道:"朋友,请稍等。这消息太重要了,您不能就这么走了。不管您愿不愿意,我们要把您留住,直到我们的朋友回来。"那老人想要夺门而出,可是亚瑟尔尼·琼斯抢先一步把背靠在门上,堵住了出口。老人愤怒地用手杖敲着地板喊道:"真是岂有此理!我到这里来拜访朋友,可你们这两个陌生人却硬不让我离开,真是太没教养啦!"我说道:"千万别生气,我们一定会补偿您浪费掉的时间的。请坐在那边沙发上,福尔摩斯先生马上就会回来了。"

他生气地用两手掩住了脸,无可奈何地坐在那里。琼斯和我一边吸着雪茄烟一边继续谈话。忽然房里响起了福尔摩斯的声音,"我想你们也应该请我抽一支雪茄烟。"

我们俩大吃一惊,立刻从椅子上跳起来,只见笑逐颜开的福尔摩斯就坐在旁边。我惊讶地喊道:"福尔摩斯!是你?那老头哪儿去了?"他拿出一把白发,说道:"就在这儿,假发、胡须、眉毛,全在这里。我的化妆术还算高明,居然把你们也唬住了。"

琼斯高兴得喊道:"啊,你这坏家伙!你可算得上一个戏剧演员——一个出色的演员,你那咳嗽,还有那颤抖的两腿的表演每星期足可得十镑的工资。可是我想我看出你的眼神来了,你还没有把我们完全骗住。"他点燃了雪茄烟,说道:"我今天之所以乔装,是因为很多罪犯都能认出我来——尤其是华生把我的事迹写成了书以后。我的电报你接到了吗?""接到了,已经来了一会儿了。""你对这案子的侦破工作进展怎样了?""毫无头绪。我不得不释放了两个人,对于其余的两个人也没有证据。""那没关系,一会儿我给你另外两个人来顶替他们。可是你必须完全听我的指挥,一切功劳可以归你,怎么样?""只要能抓

到凶手，什么都行。""那好，第一件：我需要一只警察快艇——一只汽船——今晚七时开到西敏斯特码头待命。"

"这个容易，那儿停着一只，我一会儿再用电话联系一下就成了。""我还要两个强壮有力的警察，以防匪徒拒捕。""船内向来都有两三个警察值班，还有吗？""我们捉住匪徒，就能拿到宝物。我想我这位朋友一定喜欢把珠宝箱亲手交到那位小姐的手上由她亲自打开——这宝物一半是应该属于她的。喂，华生，你说呢？""我感到无上的光荣。"

琼斯摇头道："这么做有些违反规定——不过咱们可以见机行事。但是看完之后，宝物必须送还政府以便查验。"

"那当然，这个好办。还有，我想先听琼诺赞·斯冒的口供，我有了解案件详细情形的习惯。我想，你不会反对我在这儿或别的地方，在警察的监视下，先非正式地盘问他一下吧？""你对整个案情了如指掌。虽然我还没有能够证明确有这么一个叫琼诺赞·斯冒的人，可是如果你能捉到他，我不会反对你先向他讯问。""那么，你是同意了？""完全同意，还有什么要求吗？""那就是我要请你在这儿吃晚饭，半小时就可开饭。我准备了生蚝和一对野鸡，还有上等的白酒。华生，你知道吗，我还做得一手好菜呢。"

四签名

凶手的末日

真是一顿快乐的晚餐，原来福尔摩斯在心情舒畅的时候是这样的健谈。他从神怪剧谈到中世纪的陶瓷，再到意大利斯特雷迪瓦莱斯的提琴，以及锡兰和佛学，甚至设想中的军舰——天南地北，滔滔不绝，而且他对各个方面的知识都素有研究。而琼斯在闲暇之余也是个喜欢说笑的人，他对这丰富的晚餐一直赞不绝口。至于我一想到胜利在望，就格外兴奋。我们宾主三人开怀畅饮，无话不谈，只是绝口不提饭后马上就要进行的冒险。

吃过饭，福尔摩斯看了一下表，斟满了三杯红葡萄酒道："为成功干杯，到时候了，应该行动了。华生，你有手枪吗？""抽屉里有一支，我在军队里用过的。""你带上它，以防万一。车子已等在门外，我和车夫约好六点半钟到这里来接咱们的。"七点稍过，我们到达了西敏斯特码头，汽船已等候在那里了。福尔摩斯仔细地看了看，问道："这船上哪些是你们警察的标志？""那船边上的绿灯。""那么，摘下去。"

绿灯摘下后，我们上了船。船起航了，琼斯、福尔摩斯和我都坐在船尾，一个舵手，一个机器工，两个强健的警察坐在我们的前面。琼斯问道："目的地在哪儿？""到伦敦塔，把船停在杰克贝森船坞的对面。"我们的船速度很快，超越过很多满载的平底船，又超越过一只小汽船，福尔摩斯满意地微笑着。他说道："依这样的速度，我们可以超过河里的任何船只。"琼斯道："那倒不一定，不过很少有这样快的汽船。"

"我们必须赶上'曙光'号,那只快艇很有名。华生,现在没有事,我把今天的发现讲给你听。你还记得使我很不服气的那个小小的障碍吗?""记得。""化学实验使我的大脑充分地休息了一下。一位大政治家有句名言:'最好的休息方法就是换个工作。'这句话一点儿也不错。当我成功地完成了溶解碳氧化合物的实验后,我就回到舒尔托的问题上重新考虑了一遍。我所派遣的侦察小队搜遍了上游和下游,也没有结果。这只汽船既没有停泊在任何码头上,又没有回头,更不像是沉到了河底,当然要是真的找不到的话,也不排除这个可能。虽然斯冒非常狡猾,但他文化水平太低,不可能考虑得这么周密。因为他已在伦敦生活了很长时间——这从他对樱沼别墅的监视就能够发现,他肯定要为远行做一些准备,至少需要一天。"

我说:"我认为这个可能性不太大,他应该在动手以前就准备好了一切。""不,我认为斯冒一定要确信他的老窝呆不下去的时候,才会逃走。更进一步地推测,凭斯冒的狡猾,他一定会考虑到同伴那奇特的相貌会招来危险,使人联想到诺伍德惨案。为不使人发现,他们肯定会昼伏夜出。根据斯密司太太所说,他们在史密司码头上船的时候是在三点钟,再过一个多钟头天就要大亮,行人也多了。所以我认为他们走不了多远。他们给了史密司足够的钱,叫他保密,预订下他的船,用来出逃,然后携带宝物回到巢穴。头两天里他会看报纸探风声,然后在夜晚乘汽船行驶到葛雷夫赞德或肯特大码头,再换乘已经订好船票的大船,到美洲或别的殖民地去。""可是他不能够把这只船也带到巢穴里去呀。""当然不能。我认为,这只船虽然没有被我们发现,可也不会离开太远。设身处地地替斯冒想想吧,他为了避免警察的追踪,不会把船停在码头旁边,也不会让船回去。为了更好地隐蔽行事,他一定会把船

四签名

开进一个船坞稍做修整,这样一来既可掩人耳目,还可以观察动向,谋划对船的使用。""这很容易做到。"

"简单的事总是被人忽略。想到了这一点,我立刻穿了一身水手的服装到下游的每个船坞里去侦查。问了十五个船坞都没有问到,可是问到第十六个——杰克贝森船坞——得知在两天前曾有一个装木腿的人把'曙光'号送进船坞修整船舵。那里的工头和我说:'就是那个画着红线的船舵,其实完好无损。'正说话时,从那边来了一个人。不是别人,正是我们要找的'曙光'号船主史密司,他喝得醉醺醺的,对工人们喊着自己是'曙光'号的船主,要求今晚八点钟准时把船开走,因为有两位客人要坐他的船,他一边说一边拍着哗哗作响的钱袋,看来歹徒们给了他好多钱。我跟踪了他几步,他跑进了一家酒馆。于是我又回到船坞,半路上碰到了我们的一个小侦探队员,我把他布置在那里,看住汽船。跟他讲好,他站在船坞的出口附近,一看到'曙光'号开出来,就向我们挥舞手巾。我们先在河里停一停,盯着汽船,给他来个人赃并获!"

琼斯道:"不管这几个人是不是真凶,你考虑得也真够仔细的了。如果换成我,我一定尽快行动,等歹徒们一露面,就马上捉住他们。""这个我可不敢苟同,因为斯冒诡计多端,他走以前一定先派人察看动静,一有风吹草动,他肯定又不肯出来了。"

我说:"可是你若一直跟踪史密司也可以找到匪穴呀。""那可真是白白浪费时间。因为歹徒们十有八九不会让史密司知道他们的老窝。史密司除了喝酒、花钱,别的可一概不理。歹徒们和他单线联络就成了。综合考虑之后,我才决定采取这最可行的办法。"

四签名

　　谈话之间，我们已经穿过了泰晤士河上的几座桥。当我们出了市区的时候，夕阳将圣保罗教堂顶上的十字架镀上了一层金光。还没到达伦敦塔就已经日落西山了。

　　福尔摩斯指着远处萨利区河岸附近林立的桅墙说道："那就是杰克贝森船坞，靠着这些驳船的掩护，咱们把船慢慢地来回划着。"他拿着望远镜向岸上看着，说道："那个孩子还在那儿，但还没挥动手巾。"琼斯焦急地说道："咱们还是把船停在下游等着他们吧。"这时我们都很性急，就连那几个不太清楚此行目的的警察和工人也都在摩拳擦掌。福尔摩斯答道："尽管十有八九他们会去下游，但上游也不可忽略。现在我们所处的位置非常好，看得清他们，他们却未必看到我们。老天也来帮忙，给我们送来这么明亮的月光，就等在这儿吧。你看那边，煤气灯下的人群川流不息。"

　　"那都是从船坞下班的工人们。""你别看这些人外表灰暗，内心却生机勃勃，人生简直就是一道难解的谜啊。"我说："有人说：人是有灵魂的动物。"福尔摩斯道："温伍德·瑞德对此有个很出色的答案，他说虽然单个的人都是一道谜语，可把这许多的谜聚在一起，就能找到答案了。就是说，你不了解每个人的个性，但可以知道人类的共性。个性纷繁复杂，共性却统一简单，统计家们也持相同的看法……喂，你们瞧那边有条白色的东西在挥动！"

　　我喊道："对，那就是你派的小侦探队员，我看得清清楚楚。"福尔摩斯喊道："那就是'曙光'号，船开得跟飞一样。船长快跟上，紧追那条有灯的汽船，千万别让它溜了，否则我一辈子都会后悔的。""曙光"号已经从船坞里开了出去，被两三条小船遮得看不见了。等到我们再看见它的时候，它正用神奇的速度向下游冲去，琼斯看了直摇头，说道："这船像长了翅膀一样，咱们恐怕追不上它。"

福尔摩斯探案全集

福尔摩斯叫道:"咱们必须追上它,火夫,快加煤,快加煤!全力追啊!就是把咱们的船烧了,也一定要赶上它!"我们紧随其后,这时汽船好像也跟我们一样着急,马达铿锵有力,仿佛是铁打的心脏,锅炉火光熊熊,好像喘着粗气的肺,尖锐的船头割破河面,船舷两侧浪花滚滚,我们的汽船向前猛冲!船舷上的大黄灯射出一道长长的光柱,使我们看到远远的一个黑点——"曙光"号在飞速前进。我们见缝插针地躲过河面的大小船只,紧盯"曙光"号不放。

福尔摩斯向机器房喊道:"伙计们,快些,再快些!让所有的煤都化成蒸汽啊!"下边锅炉房的烈火熊熊燃烧,映照着他那焦灼的鹰隼般的脸庞。琼斯望着"曙光"号说道:"我想咱们的速度已经追上'曙光'号了。"我说:"快了,再有几分钟就可以追上了。"

就在这千钧一发之际,意想不到的事发生了。一艘拖着三只货船的汽船横在了前面。幸亏我们拼命转舵,才躲过了这一劫。然而等我们绕过这个讨厌的家伙以后,"曙光"号又把我们落下了足有二百多码了。幸而还望得见它。此时,天色渐渐黑了下来,黄昏已经变成了夜晚。星光下,汽船的锅炉已经烧到了极限,强劲的动力迫使船壳浑身颤抖,吱嘎作响。汽船穿过伦敦桥,冲过西印船坞和载特弗德河区,又绕过狗岛。前面的黑点终于一点点放大,在探照灯的照射下,我们看见在"曙光"号的船尾坐着一个两腿跨着东西的人,他旁边还有一堆像只纽芬兰狗的黑影子。一个男孩在掌舵,史密司正在锅炉的红光的照耀下光着膀子死命地加煤。一开始他们还不知道我们正在跟踪他们,可后来发现我们一直紧随其后,毫不放松,他们也就明白自己已被追踪了。

到格林威治时,他们还落下我们大约三百步,而到布来克沃尔时两船只差二百五十步了。我平生在国外打过无数次猎,追赶过许多野兽,但都比不上今晚泰晤士河追人这样疯狂惊险。我们的船步步逼近,静夜

四签名

中，前船的马达声清晰入耳。船尾的那个人不断地挥动双手，在估算两船之间的距离，近了，更近了，还有四个船身的距离。前面已到河口，一边是巴格英平地，一边是普拉姆弟德沼泽。琼斯喝令前船马上停下，这时船尾上那个人叉着双腿直起身来，愤怒地向我们高声叫骂。我看见他高大的身影下，右边靠一只木腿支撑。身旁那像狗一样的黑影也站了起来，原来是个异常矮小的黑人，畸形的大脑袋上长满乱草一样的毛发，披着一块黑毯子，露出一张狰狞的面孔。我从未看到过这样丑陋恐怖的怪脸，蛇蝎一样的小眼，猪嘴獠牙，向我们狂呼乱喊，一半像鬼，一半像兽。见此情景，福尔摩斯已把手枪放在手中，我也跟着掏出了枪。

福尔摩斯轻轻地向我说道："他一扬手，咱们就开枪。"这时我们之间只有一船之隔了，看得更清楚。那个白人撇着两腿一直怒骂，小黑人则用仇恨的眼光对着我们像野兽一般咆哮。

幸亏把他们看得很清楚。那个小黑人从毯子里掏出了一个短圆的像木尺似的木棒搁在唇边。我们立即扣动扳机，两弹齐发。那黑人转了转身就两手高举，跌入河内，刹那间我看到他那一双恶毒的眼睛消失在旋涡之中！这时，那装木腿的人冲向船舵，用尽全力扳转舵柄，向南岸冲去，我们以相差几尺的距离躲开了它的船尾才没有撞上。我们立即转头追上去。"曙光"号已经搁浅在南岸荒凉的沼泽地中。

船头翘起，船尾没入水中，月光照射在旷野上，腐烂的动植物的尸体泡在一摊摊发出臭味的死水之中。木腿人跳到了岸上，但一下子就陷进了泥中，木腿在泥里愈陷愈深，任凭他怎样拼命挣扎也无济于事。我们把船靠了岸，从船上扔过一条绳子把被木腿钉在那里的家伙套住，然后像拉网一样，把他拖了上来。史密司父子二人在我们的命令下，神情沮丧地走上我们的汽船。那只使巴索洛谬·舒尔托死于非命的印度宝箱

摆在"曙光"号的甲板上,箱子上没有钥匙,我们吃力地把这只沉重的铁箱搬过来。然后拖着"曙光"号,放慢速度往回行驶。一路上,我们的探照灯不停地照射着河面,然而再也没有发现那个小黑人,看来他已葬身鱼腹了。

福尔摩斯指着舱口说道:"你瞧,我们的枪开慢了一步。"我们先前站的地方的后面赫然插着一支毒刺,大约就是在我们放枪的同时射来的。福尔摩斯对着毒刺仍像平时那样耸耸肩,微微地笑了一下,可是每当我回想到那天晚上命悬一线的情景,仍不免一阵心悸。

四签名

大宗阿克拉珍宝

我们的犯人坐在船舱里，面对着他费尽心机、辛苦多年所得来的铁箱。他的皮肤被烈日晒得很黑，充满恶意的目光，饱经风霜的脸以及长满胡子的向外突出的下巴，显示出他胆大包天的个性和多年在外做工的劳苦。他的头发已经黑灰半白，年纪应在五十左右。安静的时候，他的相貌还过得去，可现在他满面怒容，那两道浓眉和撅起的下巴就构成了一副惹人憎恶的丑相。他低头坐在箱子对面，戴着手铐的双手放在膝盖上，一言不发，只是那锐利的目光紧紧盯着那使人发狂的宝箱。我仔细观察到，他脸上的表情显示出他内心的悲哀大于愤怒，他偶然抬头扫了我一眼，那眼光中似乎包含着些许嘲讽。

福尔摩斯燃上了一支雪茄烟，说道："琼诺赞·斯冒，我真不想看到你走到了这步田地。"

他直爽地答道："先生，我也一样。看来，我逃不过这一关了，但是我要对天发誓，我并没想要取巴索洛谬·舒尔托的性命，只是没料到那混蛋野兽童格射出了一根毒刺。舒尔托的死叫我也很难受，虽然我鞭打了那小鬼一顿，但人死不能复生啊。"福尔摩斯道："你先吸一支雪茄烟。看你全身都湿透了，喝一些我瓶子里的酒暖和暖和吧。我问你，你在爬绳上去的时候，你怎么会知道那小个子黑鬼能打得过舒尔托先生呢？"

"先生，您说这话好像亲眼看见过似的。我原以为那屋里是没有人的，我很清楚那里的生活习惯。我上去的时候舒尔托先生正在楼下吃晚饭。我说的都是实话，实话是最佳辩护。当时要是换成那个老东西在屋里，我就会毫不犹豫地干掉他，杀死他就跟吸这支烟一样轻而易举。没想到我

会因为他的儿子而被送进监狱,而我和这个小舒尔托又无冤无仇,这真让人伤心。"

"你现在面对的是苏格兰场的亚瑟尔尼·琼斯先生。他准备把你带到我的家中,由我先审问你。你必须向我说实话,如果你够坦白的话,或许我还可以帮你的忙。我想我有法子可以证明那毒刺的毒性很大,在你爬进屋里以前,舒尔托先生已经中毒身亡了。"

"先生,正如你所说,他已经死了。我爬上去一看见他那副垂头惨笑的样子,着实吓得不轻,我当时简直要把童格宰了,他在逃命的时候遗失了那根木棒和一袋凶器,我想你们一定是找到了这些线索才抓住了我们。至于您具体是怎么干的,我可就不知道了。这只怪我不好,怨不得别人。"他又苦笑道,"这可真是件荒唐的事,您看,只有我有权享用这些财富,没想到我的前半生都在安达曼岛修建大堤,后半生大概又要到达特沼泽去挖沟了。从碰到商人亚奇迈特,和阿克拉宝物沾上关系那一天起,我就开始倒霉了。凡是跟这宝贝沾上边的,也都不走运:商人因此送了命,老舒尔托提心吊胆地活了半辈子,我呢,恐怕要当一辈子苦役犯了。"

这时,亚瑟尔尼·琼斯向舱内伸进头来,说道:"你们真像家人在团聚。福尔摩斯,请给我一些酒。咱们大家得庆贺一下。可惜那一个白白死了,不过那也没有办法。福尔摩斯,亏得你先下手为强,否则就遭殃了。"福尔摩斯道:"结果总还算圆满。可是我没想到那只'曙光'号跑得这样快。"琼斯道:"据史密司说,'曙光'号是泰晤士河上最快的汽船之一,假若当时还有一个人协助他驾驶的话,我们就永远也追不上它了。他还赌咒说他对诺伍德的惨案什么也不知道。"

我们的囚犯喊道:"他的确一无所知,因为听说他的船快,所以我向他租了船。我们什么也没有告诉他,只是出的价钱很高。如果他能够把我们送上在葛雷夫赞德停泊的开往巴西去的翡翠号轮船,我们还会给

四签名

他一大笔钱。"

琼斯道："如果他没罪，我们会从宽发落的。我们虽然捉人迅速，可是我们判刑是慎重的。"骄傲的琼斯又开始对犯人大显威风了。福尔摩斯微微一笑，我看得出来，他对琼斯的话不以为然。

琼斯又道："我们就要到沃克斯豪尔桥了。华生医生，您可以带着宝箱在这里下去。相信您能理解我这么做要担多大的风险，但咱们事先已经约定，所以尽管这么做不合法，也必须践约。鉴于宝物的价值贵重，我要派一名警官随您前行。您打算坐车去吗？""是的。""可惜没有钥匙，不然咱们可以预先清点一下，您恐怕还需要把箱子砸开。斯冒，钥匙呢？"斯冒简短地说："在河里。""哼！这可真是个大麻烦！我们为了你费尽心机和力气，那么医生，我想不用再多说了，多加小心。您回来的时候把箱子带到贝克街来，在去警署以前，我们在那里等您。"

我和一个和气爽朗的警官带着沉重的宝箱，在沃克斯豪尔下船。一刻钟以后我们到达了斯尔·费里斯特夫人的家。开门的女仆对我们深夜造访非常惊讶，她说费里斯特夫人不在家中，可能到深夜才能回来，莫斯坦小姐现在在客厅里。我让警长留在车上等候，我提着宝箱径直走进客厅。

柔和的灯光下，莫斯坦小姐身着白色半透明的纱衣，倚在窗前的一张藤椅上，颈间和腰际系着红丝带，灯光照在她搭在椅背上的玉臂和金色的秀发上，那张端庄秀丽的脸庞显出无限忧愁。看见我，她马上起身，一抹惊喜的红晕浮现在她的脸上。她说："我听见门外马车的声音，以为是费里斯特夫人提早回来了，怎么也没想到是您。您给我带来了什么消息？"我把箱子放在桌上，心乱如麻，可是假装高兴地说道："我带来的东西比消息要好，比任何的消息都宝贵。"

她向铁箱看了一眼，漠然地问道："那就是宝物吗？""是的，箱内

就是那阿克拉宝物：您和塞迪厄斯·舒尔托先生一人一半，每人大约二十万镑。您想，以后每年的利息就有一万镑呢，这在英国女士们中间可是不多见的，真是可喜可贺。"我的高兴大概有些过头，她已感觉到我缺乏诚意。她稍稍抬了抬眼眉，望着我说道："我能得到宝物，都是出于您的功劳。"我答道："不！不！这都亏了我的朋友福尔摩斯先生，连他那么聪明的人为了这个案子也费尽心血，还险些失败呢，就更别提我这么愚钝的人了。"她说："华生医生，请坐下来把整件事情讲给我听吧。"

我把上次和她见面以后所发生过的事情——福尔摩斯新的查案方法，"曙光"号的发现，亚瑟尔尼·琼斯的来访，今晚泰晤士河上的追踪简述了一遍。她聚精会神地听着，听到我们险些遭到毒刺的伤害时，她的脸色变得惨白，差一点儿晕倒。

我急忙给她倒了一杯水喝，她说："不要紧，我没事了。我听到我的朋友们为我遭到这样的危险，真是太过意不去了。"我答道："那都是过去的事了，也算不了什么。不说这些让人不开心的事了，看看使咱们高兴的宝物吧，这是我专门为您送来的，想必您肯定希望先睹为快。"她说道："这真让人高兴。"可是她的语气并没有显露出她有多么兴奋。只因这宝物费了我们很多力气，她才不得不这样表示一下，否则显得她太不近人情了。她打量着箱子说道："这箱子真美！这是在印度做的吧？""是的，是有名的印度比纳里兹金属制品。"

她试着把箱子抬了抬，说道："真够重的，这箱子本身也许就很值钱呢。钥匙在哪儿？"我答道："可惜被斯冒扔到泰晤士河里去了，看来我们得用一下费里斯特夫人的火钳了。"在箱子前面有一个粗重的铁环，铁环上面铸着一尊佛像。我把火钳插在铁环下面，用力向上撬起，只听咔嚓一声，箱子应声而开。我用颤抖的手指把箱盖掀起，我们两个往箱内看去，不禁大吃一惊，目瞪口呆，原来箱子里面空空如也！

四签名

　　这个箱子是用三分之二英寸的铁板制成的,坚固异常,怪不得如此沉重。它打造得巧夺天工,精致细密,真是用来存放珠宝的箱子,可里面确实空无一物。莫斯坦小姐平静地说道:"宝物已经丢失了。"

　　她这句平静的话,清除了我灵魂中的一个阴影。这些阿克拉宝物曾经无比沉重地压在我的心头,现在终于消失得无影无踪了。也许我的想法是自私了一些,但当时一想到我和莫斯坦小姐之间的金钱障碍已被推倒,我就喜不自禁。我如释重负,不免失声说道:"感谢上帝!"

　　她不解地微笑着问我:"您为什么这样说呢?"我握住了她的手,她没有退缩。我说:"因为我终于有勇气张口了。梅丽,我爱你,我的诚挚你不会怀疑。以前,这些宝物、这些财富堵住了我的嘴,现在宝物没有了,我可以告诉你我是多么地爱你了。因此我才说,'感谢上帝。'"她轻轻地兴奋地说道:"那么我也应该说,'感谢上帝'。"

　　谁丢失了宝物已无关紧要,但我知道,那天晚上我却得到了一个无价之宝。

斯冒的离奇故事

我很晚才回到车上,那个警长正耐心地等候着我。我把空箱子给他看了,他大失所望。

他沮丧地说道:"完了,奖金全泡汤了!宝物没了奖金也就没了,不然今晚我和同伴山姆·布朗每人可以得到十镑奖金呢。"我说道:"塞迪厄斯·舒尔托先生可是个慷慨的有钱人,不管宝物有没有,他都会给你们酬劳的。"

警长懊恼地摇着头道:"亚瑟尔尼·琼斯先生会认为这事干得很糟糕呢。"

这警长的预料果然不错,当我回到贝克街,把空箱展示给那位侦探的时候,他的脸色变得非常难看。他们三人——福尔摩斯、琼斯和囚犯——刚刚来到贝克街,因为他们临时改变了原来的计划,在中途先到警署去作了报告。福尔摩斯仍像平常一样,懒洋洋地坐在他的椅子上,他的对面是倔强的斯冒。斯冒把那条木腿搭在好腿上面,当我把空箱子拿给大家看的时候,他靠着椅子仰天大笑起来。

亚瑟尔尼·琼斯怒斥道:"斯冒,你干的好事!"斯冒狂笑着喊道:"不错,宝物已经被放到你们永远找不到的地方去了。宝物属于我,如果我得不到手,那谁也别想得到!我告诉你,除了在安达曼岛囚犯营的三个人和我自己以外,别人谁也没有权利要这些宝物。现在既然我们四个人都无法得到,我就代表他们三人把宝物毁掉了。这样才符合我们四个人签名时所发的誓言:我们永远是一致的。我知道他们三人一定会同意我的做法——宁可把宝物沉到泰晤士河河底,也不让它落到舒尔托或

四签名

莫斯坦的子女或亲属的手里。我们干掉阿奇麦特并不是为了让他们发财的。宝物和钥匙都和童格葬在一起了。当我看到你们的船肯定能够追上'曙光'号的时候,我就把宝物藏到稳妥的地方去了。你们这趟是白费力气了。"

亚瑟尔尼·琼斯怒喝道:"斯冒,你这个恶棍!你如果要把宝物扔到泰晤士河里,连箱子一起扔下去不是更省事吗?"斯冒狡猾地斜眼看了看他,答道:"我扔着省事,你们捞着也省事。你们能找到我,就能捞到那只箱子。现在,宝物已经被我零散地扔进五英里长的河道里了,看你们怎么找!我也是横下心干的,当我看到你们追上来的时候,我几乎发疯了。惋惜什么用也没有,我这一辈子的命运有盛有衰,但从来不干后悔的事。"

琼斯说道:"斯冒,你干了一件严重的错事。如果你能服从法律坦白交待,而不是这样存心破坏的话,你也许会被宽大处理。"

"法律?!"斯冒咆哮着道,"多公正的法律啊!宝物不是我们的是谁的?宝物不是他们赚来的偏要给他们,难道这算公道吗?你们睁开眼睛看看吧:整整二十年,苦熬岁月,白天在红树下流血流汗,干着驴马一样的重活,夜里被锁在臭气熏天的棚子里,身缠铁镣,蚊虫叮咬,疟疾横行,还要受喜欢拿白人撒气的黑鬼狱卒们的污辱,身体和精神双重的折磨就是我拿到阿克拉宝物所付出的一切,而你们却只凭着一张嘴来大讲公道,难道让我把历尽千辛万苦用性命换来的东西拱手让于不相干的人去受用就是你们所谓的公道吗?我宁可被绞死或被童格的毒刺毒死,也决不能一个人在监狱里苦度余生,而眼睁睁看着别人拿着本该属于我的财富自在地挥霍!"

斯冒这时已经不像以前那样沉默了,话语像一座爆发的火山一样喷涌而出。他怒目圆睁,手铐随着激动的双手震得哗哗作响。看到他这样愤怒和冲动,我可以理解舒尔托少校为什么一听到这囚犯越狱回来的消

息就被吓破了胆子。

福尔摩斯和气地说道:"你忘了,我们对这些事完全不了解。你应该把整个事情的来龙去脉对我们讲清楚,这样才能说明你是否有道理。"

"啊,先生,还是您的话合情合理,虽然说我戴上了手铐应该归功于您。可是,我并不怨恨……这都是光明磊落、堂堂正正的行为。如果您肯听我的故事,我决不隐瞒,我会对您说实话的。谢谢您,请把杯子搁在我身旁,我口渴的时候会把嘴唇靠近杯子来喝的。

"我生于伍斯特尔州,住在波舒尔城附近。我们斯冒家族的人大多数都住在那里。我也想回去看看他们,可我向来口碑不佳,去了也未必受到欢迎。他们都是安分守己的农民,笃信上帝,而我却是个出名的二流子。十八岁那年因为恋爱惹了祸,不能在家乡安身,只好出外谋生,正赶上步兵三团为开往印度而招兵,我就应征入伍,靠军饷谋生。

"然而好日子没过多久,我偶然到恒河里游泳时,一条鳄鱼就给我动了一次迫使我离开军队的外科手术,它从中流直冲过来,干脆利落地咬掉了我的右小腿,我当时就昏厥过去,幸亏连队的游泳好手、班长约翰·侯德也在河里,他把我抓住游到了岸边,要不然我就不会活到今天了。在医院里养了五个月的伤我才装着木腿出了院,但从那时起,我因为残疾被军队扫地出门。你们大概能想到,一个不到二十岁的青年成了无用的瘸子该多么残酷,然而俗话说'车到山前必有路',碰巧有个名叫阿贝怀特的经营靛青的庄园主招募监工。这个庄园主碰巧是我原来所属部队的团长的朋友,团长因为我的残疾时常照顾我。长话短说,团长推荐我当了庄园的监工。这份工作主要是骑在马上四处巡行,监督工人和把各种情况报告给庄园主。我虽然残废了,但还能骑马,所以完全可以胜任这份工作。我在那里报酬可观,住的也不错,庄园主人又和蔼亲切,常到我的小屋吸烟聊天,因此我就打定主意一辈子呆在那里了。

"唉,老天真是不公,没多久,就突然爆发了大暴动。前一个月,

四签名

英国人还像在国内一样安居乐业,可谁知到了下个月,印度在二十多万黑鬼的糟踏下就变成了黑暗的地狱。当然,这些事你们都已在报纸上看过了,或者比我这个不识字的人知道的还多呢,因为我只知道我见到的事情。我们靛青园的所在地叫做穆特拉,在西北几省的边缘。每天晚上烧房的火焰照得满天通红。每天白天都有小队的欧洲士兵护送着他们的家小,经过我们的靛青园开往附近驻有军队的阿格拉城去躲避。庄园主阿贝怀特先生为人固执,他总认为那些暴动的消息有些夸大其词,以为不久就可以恢复平静,因此还是每天坐在凉台上喝着酒,抽着烟,全然不顾四周的危险。我和账房先生道森夫妇忠于职守,一直都陪在庄园主身边。

"终于有一天,战火烧进了庄园。那一天黄昏,我从外面办事回来,半路上发现山谷底下有一堆蜷伏着的东西,我骑马过去一看,真是惨不忍睹啊,只见道森太太被人割得七零八碎又被豺狼野狗吃了一半的尸体正遗落在那里,不远处趴着道森的尸首,手里还握着一把放完了子弹的空枪,在他的前面还擦着四个压在一起的印度兵的尸体。我握着缰绳,不知何去何从,突然看见园主的房子火光冲天,看来我回去也救不了主人,反而会搭进自个儿的性命。那边成百的身穿红衣的印度黑鬼正对着火堆欢呼雀跃。忽然有几个人发现了我,马上有几发流弹就擦着我的头皮飞了过去。我调转马头朝稻田冲去,一夜狂奔逃到了阿克拉城。

"可是事实上阿克拉也不那么安全。整个印度已变成一个马蜂窝。凡是英国人能聚集起来的地方,也仅能保住枪炮射程以内的那一小块儿地方,其他地方的英国人都在逃难。这是几百人对几百万人的战争。最令人气愤的是:我们的敌人不论是步兵、骑兵还是炮兵,都是当初经我们训练过的精锐战士,他们使用的是我们的武器,就连军号的调子也和我们吹得一样。在阿克拉驻有孟加拉第三火枪团,其中有些印度兵,两个马队和一连炮兵。另外还新成立了一个义勇队,由商人和政府工作人

员组成。我虽然装着木腿,也还是参加了。七月初我们到沙根吉去迎击叛军,曾将他们打退了一个时期,后来因为弹药缺乏又退回城内。阿克拉处在叛乱的中心位置,东边与拉克瑙相距一百多英里,与南面的康普城也相距一百多英里。四面八方,到处都是烧杀抢掠,黑鬼们无恶不作。

"阿克拉是个大城,聚居着许多古怪而又可怕的魔鬼信徒。为数不多的英国人无法在曲里拐弯的小胡同里布防。因此,我们的长官就调动了军队,在河对岸的一个阿克拉古堡里建立了阵地。不知你们是否听说过这个古堡或是读过有关这个古堡的记载,这是个神奇的古堡——我虽然到过很多稀奇古怪的地方,可是这是我生平所见的最奇怪的一个地方。首先,它非常大,我估量着占地许多英亩,较新的一部分面积很大,容纳了我们的全部军队、妇孺和辎重以后还绰绰有余。旧堡里杳无人迹,是蝎子、蜈蚣的天下。进去的人对着空寂的大厅、曲折幽深的甬道和长廊,很容易迷失方向,所以几乎没人敢去,但偶尔也有人举着火把成群结队地去探险。

"由古堡前面流过的小河,形成了一条护城壕。堡的两侧和后面有许多出入的门,当然,这里和我们军队居住的地方都必须派人把守。我们的人数太少,不可能既照顾到全堡的每个角落又照顾到全部的炮位。所以无法在每个堡门处都派重兵把守。我们想了一个周全的办法,就是在堡垒中央设了一个中心守卫室,其余的堡门由一个白人率三个印度兵看守。我率领两个锡克教徒士兵在每天夜里的一段时间内把守西南面的一个孤立的小堡门。我的任务是:遇到危急,只要放一枪,就会从中心守卫室来人接应。可是我们那里离堡垒的中央足有二百多步,并且还要经过许多像迷宫似的曲折长廊和甬道。我十分怀疑,如果真的遇险,救兵是否能及时赶到。

"我刚刚入伍,又是个残疾人,就当了个小头目,自然非常得意。头两夜,我和我的两个来自旁遮普的印度兵把守堡门。他们的名字一个

四签名

叫莫郝米特·辛格,一个叫爱勃德勒·科汗。他们全是个子高大、满脸横肉的家伙,久经沙场,曾在齐连瓦拉战役中当过我们的对手。他们都说得一口好英语,但两个人却总喜欢用我们不懂的锡克语互相交谈。我经常一个人站在堡门外,向下望着那宽阔而弯曲的河流和那大城里闪烁的灯光。咚咚的鼓声和印度铜锣的声音,吸足了鸦片的叛军们的狂喊乱叫,整夜里都提醒着我们:敌人就在河对岸,每隔两个钟头就有值夜的军官到各岗哨巡查一次,防止发生意外。

"站岗到了第三夜,阴雨连绵,在这样潮湿恼人的天气里一站就是几个钟头,真是一件苦差事。我又试着和那两个印度兵谈话,他们还是不搭理我。后半夜两点钟,值夜的军官巡查走后,我就放下枪划了一根火柴,想把烟斗点上。没想到那两个印度兵对我猛冲上来,一个人抢过枪,打开保险就把枪口对准了我的头;另一个人抽出一把大刀搁在我的脖子上,而且咬着牙说,只要我动一步就杀死我。

"我首先想到:他们肯定是叛军的内奸,现在他们要里应外合,发动袭击。如果让他们得逞,那碉堡里的人都会惨遭不测,也许你们会以为我现在在吹牛,可是我敢对上帝发誓,当时我虽然能感觉到冰凉的刀刃就横在我的脖子上,我还是决定要最后大叫一声,这也许能提醒中心警卫室里的人。那个按住我的人似乎已经知道了我的心思,正当我要喊出声的时候,他向我低声道:'不要出声,堡垒不会有危险,河这边没叛兵。'他说的倒像实话。我知道,只要我一出声就没命了,我从这家伙的眼睛里看出了他的意思,所以我没有出声。我要看看他们要把我怎么样。那个比较高、比较凶、叫爱勃德勒·科汗的向我说道:'先生,现在摆在你面前的有两条路,一条路是和我们合作;一条路就是让你永远也不能再出声。事情太大了,咱们谁也不能犹豫。或是你诚心诚意地向上帝起誓和我们合作到底;或是我们今晚就把你的尸体扔到沟里,然后到我们叛军弟兄那边去投降,此外绝对没有第三条路。你选哪条路,

是生是死？你必须在三分钟之内做出选择，因为我们必须在下次巡查到来之前把事情办妥。'

"我说：'你们不告诉我是怎么一回事，叫我怎样做决定？可是我告诉你们，如果你们想打堡垒的主意，我就不能同你们合伙，给我一刀算了，欢迎得很！'

"他说道：'这事和碉堡毫无瓜葛，我只要你做一件事，就是和你们英国人到印度来的目的一样的事情，如果你同意跟我们合作，我们就以这把刀庄严地对你起誓——从来没有一个锡克教徒违反过的一种誓言——把得来的财物，公平地分给你一份。四分之一的宝物归你，这是最公平的分法了。'我问道：'什么宝物？我愿意和你们一起发财，可是你得告诉我做什么。'

"他说道：'那么你起誓，用你父亲的身体、你母亲的名誉和你的宗教信仰起誓，今后一定不做有害于我们的事，一定不说有害于我们的话。'我答道：'只要碉堡不受威胁，我愿意起誓。''那么我的同伙和我自己都起誓，给你四分之一的宝物。这就是说：咱们四个人，每人一份。'我说道：'可咱们只有三个人呀。'

"'不，德斯特·阿科勃尔必须分一份。我们在等他，现在我可以告诉你这个秘密。莫郝米德·辛格你站在门外边，等他们来的时候通知我们。先生，是这么回事，我相信你，因为你是个信守诺言的欧洲人，如果换成不诚实的印度人，不论你怎样对天发誓，我们也必定会干掉你。可是我们信任英国人，英国人也信任我们，那么，听我讲吧。

"'我们印度北部有一个部落首领，他的领地虽小，财产却很丰富。他的财产一半是从他父亲那儿继承来的，一半是由他自己搜刮来的。他是个不折不扣的守财奴。现在天下大乱，酋长看到白人形势不妙，就附和叛兵同白人打下去，一面又怕白人胜利，自己倒霉，思来想去，最后他想出一个两全之策：他把所有的财产分成两份，一份是金银钱币，就

四签名

放在他自己宫里的保险柜中；一份是钻石珠宝，放入一个铁箱，再派一个心腹假扮商人，把宝箱送进阿克拉碉堡藏好。如果印度人获胜，就保全了钱币；如果白人赢了，还有珠宝。他划分完财物后，就到叛兵中去了，因为他那儿的叛兵势力强大。先生你看，这样一个两面派的财产是不是应该转手让于忠诚的人？这个假商人化名阿奇迈特，在阿克拉城内，他准备潜入堡内。他的同伴是我的同盟兄弟德斯特·阿科勃尔，他知道这个秘密。德斯特·阿科勃尔和我们议定了今晚把他从我们把守的堡门带进来。他们一会儿就来了，阿科勃尔知道莫郝米特·辛格同我在等他。这个地方非常隐密，没有人会知道他们来，从此世界上就再也没有阿奇迈特这个商人了，酋长的珠宝就是咱们四个的了，你觉得怎么样？'

"在伍斯特尔州，生命被认为是神圣不可侵犯的，但在这兵荒马乱、命在旦夕的时期，生命就不值钱了。这个商人阿奇迈特的生死，我在当时觉得是无足轻重的，是那批宝物打动了我的心。我开始想着回到家乡后怎样享用这笔财富，想着族人们怎样用惊奇的目光看我这个流浪汉背着满口袋的金币衣锦还乡。想到这些，我立刻下定了决心，可爱勃德勒·科汗见我没吱声，以为我还在犹豫不决，就又紧逼道：'先生，你再想想，如果这个人被指挥官捉到，必定会被处死刑，并且把宝物充公，对咱们都没好处。他现在既然落到咱们手中，为什么咱们不把他私下解决了平分他的宝物呢？宝物归咱们和入了军队的银库是一样的。这些宝物足够咱们花一辈子了。咱们远离中心守卫宝物，没有人会知道，您看还有比这个主意更好的吗？先生，请您表个态，您是和我们一道呢，还是要当我们的敌人？'我说：'我和你们在一起。'他把枪还给了我，并说：'非常好，相信您会和我们一样，永远信守誓言。现在就等他们露面了。'我问道：'那么，你盟弟知道咱们的计划吗？''他是主谋，一切全是他策划的。咱们现在到门外去，同莫郝米特·辛格一同站岗。'那时雨季刚刚开始，雨还在下着，浓云密布，夜色幽深，只能看

清前面一箭之地。我们把守的堡门前有个护城壕,水很浅,很容易涉水而过。我们站在那里,静静地等待着那个前来送死的人。

"忽然间,壕的对岸有一点灯光若隐若现,并向着我们的方向慢慢飘来。我叫道:'他们来了!'爱勒德勒轻轻说道:'请您照例向他盘问,可别吓着他,然后把他交给我们带进去,您在外边守卫,我们自有办法。把灯预备好了,认准来人。'那灯光闪闪地向前移动着,时停时进,我们渐渐看清有两个黑影到了壕的对岸。我等他们下了壕沟,涉过积水,爬上岸来,才低声问道:'什么人?'来人应声答道:'是朋友。'我把灯向他们照了照,面前的印度人个子极高,满脸黑胡须长过了腰带,我只在舞台上见过这么强壮的人。另外的那个身材又矮又胖,浑身滚圆,头上缠着厚厚的黄包头,手里提着一个包,用围巾裹着。他全身颤抖,手抖得像害了疟疾,老鼠一样的小眼睛东张西望,一副胆小怕事的样子。看到他这么害怕,我觉得杀死他有些于心不忍,但转念一想到财宝,我就心硬起来。那商人一看我是白人,就立刻高兴地跑了过来。

"他喘着粗气说道:'先生,请保护我,请你保护我这个逃难的商人阿奇迈特吧。我从拉吉普塔诺来到阿克拉碉堡避难。一路上,我遭到好多人的抢劫、殴打。现在到了这里,因为过去是你们军队的朋友,所以真像到了家一样感到很安全。

"我问道:'包里边是什么?'他答道:'一个铁箱子,里边有一两件祖传的东西,并不值钱,可是我舍不得丢掉。我还不至于穷到讨饭,如果您的长官能允许我住在这里的话,我一定会报答您和您的长官的。'我不敢再和他接着说了。我愈看他那求助的小胖脸,就愈狠不下心来杀死他,不如干脆早点把他结果了算了。我道:'把他押到总部去。'商人被他们三面挟持——两个印度兵一左一右,高个子跟在后面——走进了幽深的门洞,我提着灯独自留在门外。

"我听见他们在寂静的长廊上的脚步声。突然,声音停止了,接着

四签名

就是格斗扭打的声音。不久，忽然有人呼吸急促地向我奔跑过来，让我大吃一惊。我举灯向门里仔细一看，原来是那个小胖子，血流满面地向前狂奔，那高个子拿着刀像一只老虎似的紧紧追在后面。我从来没有看见过像这个商人跑得那样快的，眼看就要跑出门外了，如果让他跑出去，就很可能获救。我的心软了，想放他过去，可又是那宝物让我心如铁石，于是我抡起火枪，对着跑过来的商人的两腿砸了过去，他立刻就像只兔子一样被绊得滚了两滚倒在了地上，后面的印度兵追了上来，给了他两刀。他一声不哼就死了。我想他大概在摔倒的时候就已经死去了。先生们，我不知道这些对我是否有帮助，但我全都照实说了。"

他说到这里停住了，伸出带着铐子的手，接过了福尔摩斯倒给他的加水威士忌酒。我觉得不仅是他那凶残的做法，就是从他满不在乎地讲述往事时的神情，就充分暴露出这个人凶恶无耻的本性。不论他被怎样惩罚，我都不会同情他。福尔摩斯和琼斯双手支在膝上一面细听，一面露出憎恶的神情。这都被斯冒看在眼里，因为他下面的讲话，语气明显地生硬起来。

他说道："这件事是很糟糕，可是我想，到底有多少人处在我的地位会宁可被杀也不要那些宝物的？还有，他一进堡垒，就注定我们两个人里必须死掉一个，假若他跑出堡外，这件事情就会暴露，我就要受军事审判而被枪决——因为，在那样的时刻，一定会从严处理的。"福尔摩斯打断他的话道："接着谈你的事吧。"

"爱勃德勒·科汗、德斯特·阿科勃尔和我三个人把尸身抬了进去。他个子虽然矮，可是相当沉重。莫郝米特·辛格留在外面守门。我们把他抬到事先选好的地方，这儿距离堡门相当远，走过一条弯曲的甬道进入一间空荡的大厅，屋里的砖墙全都破碎不堪，地上有个大坑，正是天然的墓穴。我们把商人阿奇迈特的尸身放了进去，用碎砖掩盖好了，然后我们就都回去鉴赏宝物了。

"铁箱还放在阿奇迈特原来被打倒的地方,也就是现在放在你们桌上的这个箱子。我们取下用丝绳拴在箱盖上的雕花提柄上边的钥匙,打开了箱子。在灯光的照耀下,我看到了我幼年时在波舒尔听到的故事里才有的灿烂光芒,这都是那些珠宝发出来的,让人眼花缭乱,目不暇接。我大饱了一回眼福之后,就动手把珠宝列了一张清单。里面有一百四十三颗上等钻石,包括一颗叫做'大摩格尔'的——据说是世界上第二大钻石,还有九十七块上好的翡翠,一百七十块红宝石(其中有些是小的),四十块红玉,二百一十块青玉,六十一块玛瑙,许多绿玉、缟玛瑙、猫眼石、土耳其玉和我叫不出名的其他宝石,可是后来我就渐渐地认得了。除此之外,还有三百多颗精圆的珍珠,其中有十二颗珍珠是镶在一个金项圈上的。从樱沼别墅拿回宝箱以后,经过点验,别的全在,只没了这个项圈。

"我们点过以后,把宝物放回箱里,把铁箱拿到外面给莫郝米特·辛格看了一遍。我们又重新庄严地宣誓:要团结一致保守秘密。我们决定先把宝箱藏在一个妥当的地方,等时局平定后再取出平分。没有当时分掉是因为珠宝数目太大,身上不容易存放,我们又无固定住处可以收藏。我们把宝箱藏在埋尸的那间屋的墙壁之中,我们记清地方之后,由我在第二天画好四张藏宝图分给每人一份,下面有我们四个人的签名,保证从此以后四个人必须要考虑集体的利益,不得独吞。从那天起,我一直遵守这个誓言。

"好啦,以后印度的叛乱结果如何,也用不着我再来赘述了,从威尔逊占领了德国、考林爵士收复了拉克瑙以后,叛乱就瓦解了,新的军队纷纷开到。纳诺·萨希布在国境线上逃跑了,葛雷特赫德上校率领军队急行军肃清了阿克拉的叛军。全印度又恢复了往日的宁静。我们四人就盼望着平分财宝,远走高飞了。没想到突然间我们被捕了,罪名是杀害阿奇迈特。

四签名

"事情缘于那个酋长不放心阿奇迈特独自一人行动,就又派了一个亲信紧随其后监视阿奇迈特的一举一动。那夜他在后面盯着阿奇迈特过了碉堡,以为万事大吉,所以次日就设法进堡寻找阿奇迈特,他当然找寻不到,就告诉了守卫的班长,班长又报告了司令官,因此,全堡上下立刻被细细地搜寻了一遍,尸体被发现了。我们在自以为得计时被逮捕了——三个人是当时的守卫者,其余一人是和被害者同来的。在审讯中没有人谈到宝物,因为后来的酋长已被罢黜并被逐出了印度,已经没有人和宝物有直接的关系了。可是谋杀罪名成立,判定我们四人同为凶手。三个印度人被判终身监禁,我被判死刑,可是后来得到减刑,改为终身监禁。

"我们的处境真是奇异。我们四个人被判徒刑,恐怕今生再难恢复自由,可是同时我们四个人又共同保守着一个秘密,只要能够利用宝物,就可尽情享用。最让人难以忍受的就是:外面有大笔财宝在等着我们,在里面却要为了几粒粗米、几口凉水而饱受折磨。我简直要急疯了,幸亏我个性顽强,才能静待时机。

"最后,好像时机到了。我由阿克拉被转押到马德拉斯,又从那里被转到安达曼群岛的布雷尔岛。岛上白种人囚犯很少,又因为我一开始就表现得不错,所以很快就受到了优待。在亥瑞厄特山麓的好望城里,我得到了一间自己居住的小茅屋,很是自在。岛上热病时有发生,食人生番部落就离我们不远,他们经常伺机用毒刺刺伤我们。我们整日垦荒、挖沟、种植山药以及干其他种种杂活,一直忙到晚上才能休息。我还学会了给外科大夫配药,学习了不少外科技术。我无时无刻不在寻找逃走的机会,可是这里离每一块大陆都有几百英里远,而且在附近一带海面上风很小,甚至没有风。因此要想逃走真是难上加难。

"外科医师萨莫吞是一个爱动爱玩的青年,每天晚上常有驻军的青年军官们到他家去玩牌赌钱。我配药的外科手术室和他的客厅只有一墙之隔,有一个小窗相通。我有时在手术室里呆烦了,就熄灭手术室的灯光,

在窗前留意他们的谈话,看他们玩牌。我原来也喜好玩牌,即使不能动手,看看也觉得很过瘾。常来玩牌的有带领土人军队的舒尔托少校、莫斯坦上尉和布罗姆利·布劳恩中尉,还有两三个司狱的官员。这几个狱卒是赌场老手,赌技很精。他们几个人凑成一伙,玩起来倒也痛快。

"不久我就注意到一个情况:每次赌钱总是军官们输,司狱官员们赢。这里有什么原委不用我说,只是因为司狱的官员们自从来到安达曼群岛,每天无事可做,就拿着玩牌消磨时光,熟能生巧,赌技就高,军官们技术不高,所以每赌必输。他们愈输愈急,下的赌注就愈大,因此军官们日渐困窘,其中舒尔托少校输得最多。起初他还用钱币钞票,后来钱输光了,只好用期票赌。他有时也稍微赢一点儿,但胆子一大,接着就输得更多了,所以他终日愁眉不展,酗酒度日。有一晚他比平常输得还要多,当时我正在茅屋外边纳凉,他和莫斯坦上尉缓步回营。他们两人非常要好,每天形影不离。这位少校正在抱怨他的赌运欠佳。

"经过我的茅屋的时候,他对上尉说道:'莫斯坦,我完蛋了,我可毁了,我得辞职了。'上尉拍着他的肩道:'老兄,这没什么,比这更糟糕的情况我也有过呢,不过……'我只能听到这些,可是,这已经够我动脑筋的了。

"两天以后,当舒尔托少校正在海滨散步的时候,我趁机走上前去和他攀谈。我说:'少校,我有事向您请教。'他把口里衔着的雪茄烟拿开,问道:'斯冒,什么事?'我说:'先生,我要请教您,应该把藏好的财宝交给谁?我清楚一批价值五十万镑的珠宝藏在那里,因为我享用不到了,所以想把它交给当局,以此换取减刑。'

"他吸了口气,死盯着我,想我说的是真还是假,然后问道:'斯冒,五十万镑?''先生,一点儿也不错,五十万镑现成的珠宝,随时可以到手。物主已远逃他乡,谁先下手就能归谁。'他口吃地说道:'应当上交政府,斯冒,应当上交政府。'他的口气很不坚定,我心里

四签名

明白,他钻进了我的圈套。

"我慢慢地问道:'先生,您认为我该把这情况报告总督吗?''不,你不用着急,免得后悔。斯冒,你应该先把真相讲给我听。'我将事情和盘托出,只是省略了一些细节,以免泄露藏宝的地点。听完我的讲述,他呆若木鸡,双唇颤抖,显然内心正经历着一场思想斗争。

"最后他说道:'斯冒,这事事关重大,你先不要对任何人说,我要想一想,再告诉你怎么办。'过了两夜,他和他的朋友莫斯坦上尉在深夜里提着灯来到我的茅屋。他道:'斯冒,我把莫斯坦上尉请来了,请你再亲口讲讲那件事吧。'我如前所述又说了一遍。舒尔托道:'听着倒像是实话。还值得一干吧?'莫斯坦上尉点了点头。

"舒尔托道:'斯冒,我建议你这样做。我和莫斯坦上尉反复研究了这件事后,认定这是你个人的秘密,与政府无关,你有权处理自己的私事。现在我问你,你究竟想付出多少代价?如果我们协议成功的话,我们也许会代你办妥此事,至少也会替你调查清楚。'他说这番话时虽极力想表现镇定,但他那贪婪和急切的目光暴露了他的心思。

"我也故作镇静,可是内心也是同样激动地答道:'论到代价,在我这样的处境只有一个条件:我给你们两个五分之一的财宝来换取我的另外三个朋友的自由。'他说道,'哼!五分之一,太少了!'我说:'算来每人也有五万镑呢。''可是我们怎么能够恢复你们的自由呢?你要知道,你的要求我们可办不到。'

"我答道:'这个并没有什么困难,我已考虑得十分成熟了,困难的是缺少一只快船和充足的干粮。在加尔各答或马德拉斯,合适的小快艇和双桅快艇多得很,只要你们弄一只来,我们夜里一上船,逃到印度沿海任何一个地方,你们的任务就算是完成了。'他说道:'要是只有你一个人还好办。'我答道:'少一个也不行,我们已经起过誓,四个人生死相守。'

"他说道：'莫斯坦，你看，斯冒是个守信的人，他不背叛朋友，咱们可以信任他。'

"莫斯坦答道：'真蹊跷啊，可是像你所说，这笔钱倒能帮咱们解决麻烦呢。'少校说：'斯冒，我想我们只好同意了，我们并不知道你说的是真还是假，你先告诉我宝物藏在哪里，等到定期轮船来的时候，我请假到印度去查证一下。'他愈着急，我就愈沉着。我道：'先别忙，我必须先征求我那三个伙伴的同意。我已经告诉过您，我们四个人必须步调一致。'

"他插言道：'岂有此理！我们的协议还需要那三个黑家伙的同意吗？'我说：'黑也好，白也好，我和他们有约在先，万万不可违约。'

"终于在第二次见面时，莫郝米特·辛格、爱勃德勒·科汗和德斯特·阿科勃尔全都在场，经过再次协商，才有了结果。我们决定把阿克拉藏宝图给两位军官一人一份，并在图上特意标示出墙上藏宝的地方，好方便舒尔托到印度去查实。舒尔托少校如果找到了那宝箱，他先不能挪动，必须先派出一只小快艇，备好足够的食粮，到罗特兰德岛迎接我们逃走，那时舒尔托少校应即回营销假，再由莫斯坦上尉请假去阿克拉和我们碰头，均分宝物，并由莫斯坦上尉代表舒尔托少校分取他们二人应得的部分。我们几人对天盟誓，庄重地许下所有想到的和能说出的誓约——共同恪守，决不违背。我用了一整夜的工夫重又画出两张藏宝地图，并在每张下面签上四个名字：莫郝米特·辛格、爱勃德勒·科汗、德斯特·阿科勃尔和我自己的名字。

"先生们，你们恐怕已经听得疲倦了吧？我知道，琼斯先生肯定急着把我送到拘留所去，他才能放心。我尽可能简短地说吧。骗子舒尔托前往印度后一去不返。过了不久，莫斯坦上尉给我看了一张从印度返回英国的邮船的旅客名单，其中果有舒尔托的名字。听说他的伯父死后给他留下了一大笔遗产，因此他退伍了。可是他居然如此卑鄙，欺骗了我

四签名

们四人还不算,居然把他的好朋友一起都欺骗了。不久,莫斯坦去了阿克拉,正如我们猜想的,宝物全都不见了,舒尔托竟将宝物全部窃为己有。从那天起,我一心想着复仇,再也顾不得什么法律和绞刑架。我日夜思谋逃走找到舒尔托并亲手掐死他,这成了我最大的愿望,相比之下,连阿克拉宝物都不那么重要了。

"我平生立下过不少的志愿,件件都能办到。可是在等待逃跑时机的几年里,我却受尽了千辛万苦。我告诉过你们,我曾学过医学常识。碰巧有一天,萨莫吞医生重病卧床,岛上有个小土人病得不轻,找到一个僻静之地等死,却被在树林中工作的囚犯带了回来。我虽深知当地土著心狠手辣,但还是精心护理,救治了他。两个多月的相处使我们产生了感情,他于是就常守在我的小屋旁。我又向他学会了一些他的土话,于是他对我就更加敬爱了。

"他的名字叫做童格,是个出色的船夫,并且有一只很大的独木船。自从我发现他对于我的忠诚并且愿意为我做任何事情以后,我终于找到了逃走的机会,我详细地给他讲了我的计划,叫他在一个黑夜划船到一个无人码头去接我,并带上足够的山药、椰子、甘薯和淡水。

"这个小童格真是忠心耿耿,再没有比他更忠实的同伴了,那天晚上他果然把船划到了码头下面。事也凑巧,一个向来喜欢侮辱我而我早想向他报复的阿富汗族禁卒正在码头上值岗。老天帮忙给了我报仇的机会。他站在海岸上,肩背着枪,背朝着我。我想找一块石头砸碎他的脑袋,可是一块也找不到。最后我心生一计,想出了一件武器。我在黑暗里坐下,解下木腿拿在手里,连跳三下,跳到他背后,他来不及解下背上的枪,我的木腿就把他的天灵盖击得粉碎。你们请看我木腿上的那条裂纹,就是打他时留下的痕迹。因为一只脚失去了重心,我们两人同时摔倒了,我爬了起来,可他不会动了。我上船后一个小时就逃远了。童格搬来了他的全部财产以及兵器和神像。他还有一支竹制的长矛和几条

用安达曼椰子树叶编的席子。我把这支矛做成船桅，席子作成船帆。我们在海上听天由命地漂泊了十天，到第十一天，有一只从新加坡开往吉达、满载着马来亚朝圣香客的轮船，把我们救了上去。船上的人都很有特点，可是我们不久就熟悉了。他们有一种非常好的品质：他们给我们安静的空间，不追问我们的来历。

"如果把我们俩航海的全部经历都告诉你们，恐怕等到明天天亮也说不完。在这个地球上，我们到处流浪，可总是不能回到伦敦，可是我每时每刻都在想着复仇。夜晚我不断梦见舒尔托，并在梦中杀了他不止一百次。最后，在三四年前我们才回到了英国。回来之后，我很快就探明了舒尔托的地址。于是我设法了解他是否偷到了那些宝物以及那些宝物是否还在他的手中，我和那个帮助我的人交上了朋友——别想从我口中得知任何人的名字，我决不会出卖朋友。没多长时间，我就获悉舒尔托手中藏有宝物。我想尽种种方法报仇，可始终没有机会，他身边除了两个儿子和一个印度仆人外，还有两个力大无比的拳击手。

"有一天，我听说他快病死了，就立刻潜入他的花园，准备寻找时机复仇。我从窗子往里张望，看见他奄奄一息地躺在床上，旁边站着两个儿子。冲动之下，我几乎冲了进去，但就在那时我看见他的头耷拉下去，已经咽了气，只得作罢。当天夜里，我溜进他的屋子，可什么线索也没找着。一怒之下，我就把四位签名别在了他的胸前，作为我们复仇的标记，留到日后再告诉我那三个同伴。就这样让他安然地死在家里而没受到任何应有的报复，未免太便宜他了。

"从此以后，我就靠着在集市或其他类似的地方，把童格当做吃人野人公开展览，来糊口度日。他能吃生肉，跳土著舞，所以每天工作以后总能收入满满一帽子的铜板。我也常常听到樱沼别墅的消息。几年来，我除了知道小舒尔托先生还在寻宝以外，其余一无所知，直到最近我才获悉：巴索洛谬在别墅的房顶上找到了珠宝。我本想立刻前去察看

四签名

究竟，但又想这条木腿会妨碍我的行动，不能爬进楼上的窗子，幸亏打听到楼顶有道暗门，又得知小舒尔托每晚都会下楼去吃饭，才想到了一个办法。我把绳子系到童格的腰上，让他爬到樱沼别墅的楼顶上，再由暗门进去，不料巴索洛谬还在屋里，童格就自作聪明地杀了他，当我抓着绳子上去之后，发现小舒尔托已死，童格得意地向我报功，却被我臭骂了一顿。我拿走宝箱，在桌上留下四个签名的纸条，表示宝物是物归原主，然后把宝箱系在绳子上，送了下去，我自己也顺着绳子滑了下去。童格收回绳子，关牢窗子，又从屋顶上的暗门跑了。

"我听一个船夫说过，那只'曙光'号是一只快船，于是我想，它倒是可以帮助我们逃跑。我便雇用了老史密司的船，讲明了如果能把我们安全送上大船，就给他一大笔酬金。当然，他可能对我们产生了怀疑，但他并不知道我们的秘密。以上所言，句句属实。先生们，我说了这些，并不是为了要得到你们的欢心——你们也并没有因此优待我——我认为毫不隐瞒就是我最好的辩护，要使世人知道舒尔托少校曾经如何地骗取了我们的信任。至于他儿子的被害，我是无罪的。我要说的，都说完了。"

福尔摩斯道："你的故事很吸引人。这个奇异的案子确实得到了恰当的结尾。你所说的后半段，除了绳子是由你带来的这一点我不知道以外，其余的都符合我的推测。可是还有一点，我原以为童格把他的毒刺全丢了，怎么在船上他又射出一支呢？""先生，他确实把毒刺都弄丢了，可是吹管里还剩下一支。"

福尔摩斯道："啊，是这么回事，这我可真没想到。"斯冒主动问道："你还想知道什么？"福尔摩斯答道："我想没有什么了，谢谢你。"亚瑟尔尼·琼斯道："福尔摩斯，本来不想打断你的问话，因为你是鉴定罪犯的专家，但我公务在身，现在必须要把这个讲故事的家伙关进监狱去了，这样我才能安心。马车还在外面等着，楼下的两位警察也等候

多时了。衷心感谢你们二位的热心帮忙,到开庭的时候自然还要请你们出庭作证。祝你们晚安。"

琼诺赞·斯冒也说道:"二位先生晚安。"谨慎的琼斯在出屋门的时候说道:"斯冒,你在前面走。不管你在安达曼群岛是怎样处治那位先生的,我还是要加倍小心你那会打人的木腿。"

等他们两人走后,我和福尔摩斯抽着烟静坐了一会,我说:"这就是咱们这出戏的尾声了,今后我恐怕要减少向你学习的时间了,因为我已经和莫斯坦小姐订婚了。"他苦笑了一声说道:"我已料到了,请原谅我不能向你祝贺。"

我有些不快,问道:"你不满意我的未婚妻吗?""丝毫没有,我以为她是我平生所见的女子中最可敬爱的一个人了,并且她会支持我们这种工作。她干这一行肯定是有天分的,仅从她收藏那张阿克拉藏宝图和她父亲的那些文件的举动,就可以证明。我只是觉得爱情是心中的一种情感,和我断案时冷静思考的理性是不相容的,为了我的判断力不被影响,这辈子我都不会结婚的。"我笑道:"我相信,我这次的判断还经得起考验。看来你是疲倦了。""是的,累坏了,恐怕一周时间也缓不过来。"

"奇怪,"我说,"为什么我眼中的懒汉有时也会精力过人呢?"他答道:"我承认我天性很懒散,但我也有好动的一面。歌德说过:'上帝只给你造成一个人形,却是金玉其外,败絮其中啊。'"

"还有,在诺伍德案子里,我怀疑在樱沼别墅里有一个内奸,不会是别人,只能是在琼斯的大网里捞到的那个印度仆人拉尔·拉奥。这一点琼斯做对了。"

我说:"分配得似乎太不公平。全部的工作都是你一个人干的,而我从中找到了妻子,琼斯得到了荣誉,请问,留给你的有什么呢?"歇洛克·福尔摩斯说道:"我吗?我还有那瓶可卡因呢。"说着他的手已去拿瓶子了。